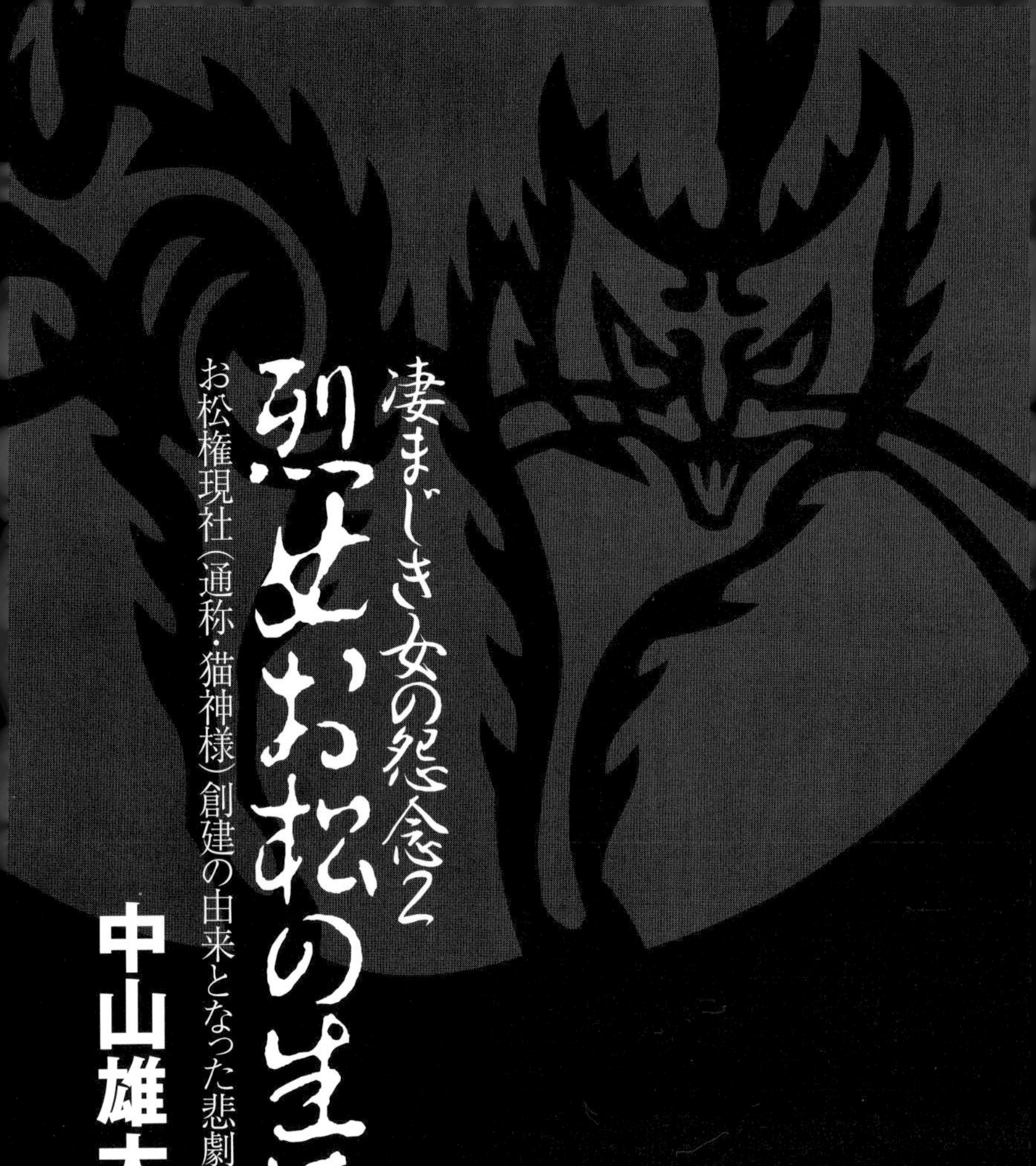

凄まじき女の怨念2

烈女お松の生涯

お松権現社（通称・猫神様）創建の由来となった悲劇的事件

中山雄太郎

文芸社

お松権現入口。

お松権現本堂の様子。

烈女お松の生涯◎目次

目次

目　　次

推薦文

今こそ、惣兵衛の「仁と愛」、お松の「正義感」を

衆議院議員　後藤田正純（阿南市在住）

この度、阿南市加茂町のお松権現社「猫神様」が、本書により国民全体のみならず、世界に広く認識して頂けることを心から嬉しく思います。

古くから「勝負の神様」として崇敬され、今でも参詣人がたえない「猫神様」、私も政治を志した時から年の変わり目には毎年参詣を続けております。何か「ほっ」とすると同時に、「がんばるぞ！」という気持ちになるのはとても不思議に感じます。

社会不安そして倫理・道徳の退廃が心配される昨今、「社会正義」という考え方が、本書によって世の中にもう一度取り戻されることを期待するところであります。

日本には、独特な範とするべき「物語」や「昔話」が数多くありますが、ここ数年の「情報化」や「豊かさの変化」により「表面的な現実主義」をあまりにも見すぎる風潮、「現実」に合わせすぎる傾向があります。

そんな中で、社会学的にも、ひとつの周期として「人間の本質」「機微」にふれ、日本固有の文化や思想に誇りをもって、生活の規範を取り戻す時期にあるのではないかと感じております。

今こそ、庄屋西物兵衛の「仁と愛」の精神、そしてお松の「正義感」が21世紀の「日本のこころ」に、再び、ひろく胸打つことを、心から祈念致しましまして私の推薦の辞とさせて頂きます。

社会不安が高まる現代だからこそ、この作品を読んでほしい

県南総合開発懇話会会長・徳島県議会議員　平岡一美

読者の皆様方には、すでによく御承知の通り、一九九〇年代に入ってからバブルの崩壊によって政治や経済が大きく混乱し、長期にわたって深刻な不況がつづいております。それがために、多くの企業が倒産したり事業の再構築によって、大幅な人員の削減が行われており、巷には失業者が溢れています。また、生活の基盤を失った中高年者の自殺が急増し、年間で三万人を越えるという悲惨な状況に立ち至っております。

また、前途に希望がもてない青少年による凶悪な事件が頻発して社会不安が極度に高まっていることも、周知の事実であります。とくに、古来から我々日本人の美風として培ってきた他人を思いやる優しさとか倫理道徳観がうすれ、金銭至上主義で自己中心的な思想が蔓延し、次代へ伝承すべき貴重な価値ある物が次々と失われていくことは誠に残念であり、憂慮にたえません。

こうした中で歴史上特筆すべき事件として語り継がれているお松権現社の由来について、その事実に基づき詳述されている本書については、時代のニーズにかなった時宜を得たものと考えられ、心から賛同致しますとともに、広く深く社会全般に浸透させていくべきであると考えております。

静かに本書に目を通しながら、遠い過去の歴史の跡を振り返り、事件の真相を辿っておりますと、想像を絶する強権圧政の時代の中にあって、仁と愛を信条として生涯を貫いた加茂村の庄屋西惣兵衛の高邁な理想とその遺志をついで、倫理道徳を重んじ社会正義のために身命を賭けて巨悪と戦い、加茂の川辺で春の嵐に散りゆく桜の花の如く、潔く散っていった烈女お松の真情と勇気ある行為は、惜しみても尚余りある崇高で神秘的な、永遠不滅の壮挙であると考えられます。

我々政治の場に身を置くものとしては、その崇高な思想に学び、今後に於いて政治的行動の指針を確立するに当たっては、貴重な亀鑑《きかん》として長く心の中に留めるとともに、敬虔な気分で合掌礼拝し、改めてお松様の永遠のご冥福をお祈り申し上げたいと念じております。

尚、本書を広く世に伝え浸透を図っていくことは、地元阿南市はもとより徳島県の教育や文化の興隆、観光面の振興の上からも、重要な意義をもつものと考えられます。

それで、新聞やテレビ等のメディアのご協力を賜りますとともに、映画化等の企画も必要になってこようかと思っております。

愛読者の皆様方に於かれましては、本書の真意をご理解頂きまして、なにかとご協力賜りますよう心からお願い申し上げまして、推薦の辞とさせて頂きます。

合掌

平成十三年六月吉日

発刊を祝して

阿南市長　野村靖

お松大権現の謂《いわ》れを詳しく書き記した本書が発刊されますことを心からお喜び申し上げます。

このたび、お松大権現の由来を著書にされ、発刊の運びとなりましたことは本市の文化に対する意識の高揚、また、観光面に大きく貢献して頂けるものであり、誠に有り難く著者の発刊に至るまでのご労苦に深く敬意を表する次第であります。

お松大権現は、有馬・鍋島とともに日本三大怪猫伝の一つとして、また、県下でも有数な入学合格祈願の所として知られており、入学試験シーズンになると多くの参詣者が合格祈願に訪れます。

こうして、人々から厚い信仰を得ているのも本書の主人公であるお松の正義感あふれる生き方が信仰を集めている要因になっているものと存じます。

お松は、夫・惣兵衛の崇高な精神を受け継ぎ、正義を重んじ権力に屈することなく立ち向かい、直訴までして壮絶な死を遂げました。お松がこうした道理に反する権力に対し、毅然とした態度で正義を貫いた姿勢は、現代を生きる私たちに深い感動を与えるとともに、数多くのことを教えてくれます。

今日の経済的な豊かさのなかにあって、ややもすると歴史的事実を忘れがちになる傾向にありますが、歴史を知ることによって当時の時代を垣間見ることができ、誠に意義深いものがあると存じます。

本市には、その他にも先人が残されてきた数々の歴史的事実や文化財が残されており、今後においても、これらの保存、継承に努め、文化の薫り高いまちづくりを推進してまいる所存でおります。

結びに、本書が多くの方々に愛読されますことを念願いたしまして発刊にあたってのお祝いの言葉といたします。

平成十三年六月吉日

本書刊行は第十一代当主としては感慨ひとしお

お松権現社第十一代当主　阿瀬川寛司

お松権現社の由来について、歴史的事実に基づきそのプロセスを詳述されている本書に対し、第十一代当主として感慨一入《ひとしお》ふかいものがあります。

私達としては、ささやかな先祖の考え方や行為は内に秘めて外へ出すべきではないと考え、今日まで代々それを守って参りました。

それが、筆者の時代考証の中で明らかになり、それなりの評価を頂く事は、無上の光栄と存じますとともに、内心忸怩たるものを覚えております。

しかし急速に進歩し変化を遂げて行く現代社会の中で、古来からの伝統的な価値を有する貴重なものが次々と失われて行く。たとえば、信義とか礼節という観念が希薄になり、人間社会を律する上で不可欠の要素となる倫理道徳が退廃し崩れて行こうとしている事はまことに憂慮すべき事態であると考えられます。

そうした中で本文の中核をなす社会正義や仁と愛の思想の昂揚がつよく企図されている。

本書の趣旨については双手を挙げて賛同致したいと思っております。

読者の皆様方に於かれましても、本書のもつ真意を御理解下さいまして御協力を賜りますれば幸甚の至りと存じます。

以上疎筆でございますが、一文を呈して推薦の辞とさせて頂きます。

平成十三年六月吉日

序　文

あらすじにかえて

受験の神様として若い学生達に高い人気があり、一般の庶民よりは古くから勝負の神様として崇敬され、日々多くの参詣人がたえない徳島県阿南《あなん》市加茂町のお松権現社（通称猫神様）の由来を点綴《てんてい》するに当り、周辺の状況を若干紹介して置きたい。

阿南市は徳島県の県庁所在地である徳島市より約三十キロ位南部に位置する、風光明媚で気候温暖な人口六万人足らずの小都市である。年間の温度は平均十七度と高く、降雨量は二、〇〇〇ミリメートルを超えており、肥沃な地味に恵まれている。農業生産には最適の好条件を備えていてスダチとか人参、みかん、筍等が多く生産されている。更に広大な漁場を控えて海の幸も多く、シラス漁が特に盛んである。

市の北部に添って流れる那賀《なか》川の清流は水量も豊富で、下流に拡がる広大な平野には農業の興隆と共に、最近は代表的な企業として王子製紙や四国電力、日亜化学等の大企業群がぞくぞくと参入し、商工業都市として大きな発展を遂げようとしている。

またこの地の人々は底抜けに明るく正義感もつよい。人情も豊かで他人を思いやる優しさは長い歴史の中で培われた伝統的な地域の美風として残されている様に思われる。

海岸線の景観も阿波の松島と言われるだけあって素晴しいの一語につきる。海抜二八六メートルの津峰神社の山頂に立つと、黒潮躍る太平洋の大海原が遠く水平線の彼方まで眺望出来る。海面には高低起伏に富んだ無数の島々が浮かび、南国特有の澄み切った紺碧の大空を白雲が悠々と流れて、暖かい春の訪れと共に周辺の山野は繚乱たる桜花に掩《おお》われ、まぶしい西日をうけて美しい花びらがヒラヒラと散って行く情景は優雅な遠い万葉の昔を彷彿とさせるに充分な風情がある。晩春から初夏の節に入ると那賀川の下流域一帯には美しい白鷺の群れが飛び交い、周囲の濃緑の山野とうまく調和して正にこの世の楽園を思わせる趣がある。

この様に美しい空と青い海、変化と起伏に富んだ陸地の大空間に歴史と伝統と固有の文化が、そして優しく麗しい人々の思いがぎっしりと詰め込まれているのが阿波のユートピア阿南市の現状であると言えよう。

しかしこの様な平和でのどかな楽園の中にあっても庸愚《ようぐ》な人間界にひそむ魔性は突如として鋭い牙をむき、波乱を呼ぶ要素も充分に隠されている。それは金銭上の利害得失とか愛憎という欲動に支配されて、人間としてのあるべき姿とか生きる為の価値基準を見失な

境内には狛犬の代わりに猫が。

境内には本物の猫もいっぱい。

い、真暗な心の闇路に迷いこんだ時である。この地に於ても過去の長い歴史の中で人間相互の心の葛藤があり、正邪善悪の激突があって血生臭い凄惨な事件を惹き起こしている。

それは徳川時代の初期天和《てんな》元年のことである。深く儒学を修めたこの村の庄屋・西惣兵衛は、仁と愛の心で飢餓に苦しむ村人達を救済しようと立ち上っていた。その崇高な理想に共鳴した妻のお松は健気にも夫・惣兵衛を蔭から懸命に支えつづけていた。惣兵衛は年貢米の納められない村人達の為に五反歩の農地を担保に悪徳高利貸し野上三左衛門から金を借りたが、期日より一ヶ月も早く全額を完済している。しかしその時、借用証を返してもらっていなかった為に惣兵衛の死後、歴史に残る重大事件が発生する。

それは拝金思想の亡者、三左衛門の冷酷非情な悪業と、それに加担して不正を働き社会の秩序を乱し、お松を窮地に追いこんでいった徳島藩の奉行・長谷辺豊前守定基《さだもと》に対する激しい怒りであり、その憤怒の情念は真紅《まっか》な炎となってもえ上がった。お松は社会正義を貫き、社会の浄化を計る為に死を決意して藩主・蜂須賀公へ直訴する。当時の社会制度の中では、藩主への直訴は死罪となっていた為、お松は万斛《ばんこく》の怨みを抱いて凄惨な死を遂げる。そうしたお松の正義感と内に秘められた凄ましいまでの怨念。魔性と言われる猫の霊力、これ等が複合的に重なり合い一体化して人間社会に表面化し、現代科学の力をもって

本堂の中も猫の置き物でいっぱい。左奥にはご本尊の猫像が——。

本文に登場する那賀川の現在の様子。

しても解明出来難い異様な事件として語りつがれているのが阿波の加茂後家お松にまつわる怪猫騒動である。

これは佐賀の鍋島や有馬と共に日本三大怪猫の一つとして名高い怪奇な事件であり、悲劇のヒロインお松は現在に至るも徳島県阿南市加茂町に於てお松権現社として祀られている。そうして日々多くの参詣人がたえる事なく、神秘に満ちた広い境内にユラユラと立ち昇る線香の煙と香りの中に、優しくも麗しいお松の面影がかすかに浮び上ってくる様な錯覚をさえ覚える。

それでも時は移り時代は変わる。うつろい易い人の心や価値観も変わって行く。既成の価値観が現代社会の中で拒否反応をうける事も珍しくない。しかし悪を憎み正義を愛する心は三百年の時空を超えて今日尚、この地の人々の心の中に連綿と生きつづけている。

そうしてすべての物事の顛末については、侵し難い大自然界の法則と因果応報の原理によって収斂されて行くものと考えられるが、次章から始まる本文については、お松権現社発刊の御由緒書きや土地の古老達の口碑をベースとして、歴史のプロセスを詳述したものである。

◎注記

本稿作成に当たりましては、徳島市両国通りの近藤磐根先生より、なにかとご指導を賜り、徳島市の岡本夫佐子様の御協力も賜りました。

また大手出版社であられる文芸社様の御厚情によりまして前回につづき再度出版の運びとなりましたことは無上の光栄と存じまして、御協力を賜りました方々に対し心から深甚なる感謝の意を表したいと思います。

尚本稿中、時間の表示や数量については判りやすくする為に現代用いられているものへと変換して表示し、通貨は金による両を単位として表示させて頂きました。金は一両が銀六十匁《もんめ》であり、米であると一石《こく》に相当しておったと言われております。

（一）加茂村の庄屋惣兵衛（その一）

幼少の頃から明断な頭脳をもち神童と謳われていた惣兵衛は、深く学を修めると共に捨《しゃ》心山大竜寺《しんざんたいりゅうじ》へ詣《もう》でて真言密教の素晴しさとその神髄とも言うべき深い慈悲の心に打たれる。そうして弘法大師が達成された偉業の源泉こそ、み仏のもつ深い慈悲の心に他ならない。したがって治世の要諦は仁と愛でなければならぬと確信する。

惣兵衛は三十一才の時、加茂村の庄屋という重責を担うことになり、確乎たる信念をもって貧困に喘ぐ村人達を救済しようと決意する。そうして明るく豊かな村造りの為の青写真を描き、寝食を忘れてその構想の実現に全力を傾注して行く。村人達も惣兵衛の真意をよく理解して尊敬と信頼の念をふかめ、多くの庄屋仲間や郡役所からも重厚な信頼を得ることになって行った。

惣兵衛は水井村の庄屋の娘を妻に迎えたが、故あって離別している。それから三十代後半に至るまで独身で通し、日常生活の上で様々な不便をきたしながらも自己研鑽を怠ることなく公事優先に明け暮れる日々を送っていた。

周囲の人々はその状況を目の辺りにして、再婚をすすめ、数多くの縁談がもちこまれた。惣兵衛はそれを悉く断り、尚も不自由な生活に堪えていた。それは狭量で異常な性格の妻を善導し救ってやれなかった事への心の疼《うず》きであり、自らの不徳不明への反省でもあった。

惣兵衛はその後、自らを律することに厳しく、儒教の中で学んだ体曲がれば影斜めなりということと綸言汗《りんげん》の如しということを強く意識して、清廉潔白で公正な姿勢がなければ人の上に立つことは不可能であると考えていた。

たとえ小さな村の庄屋といえども人の上に立つ以上、自分の吐いた言葉は飲みこめない。言ったことは必ず守る信義と礼節、そうして大師のもつ深い慈悲の心が充分に培養されて初めて、自分の掲げる村造りの理想が完成されるものと固く信じていた。

惣兵衛は心の中に思いなやむことがあると必ず大竜寺へ登り、敬虔な気持ちで合掌礼拝した。そうして弘法大師が創立した四国霊場八十八ヶ所の偉業はとても人為のなせる業ではない。しかもそれが大師のなした業績の一端であり、我国全土に渡る業績の数々を知るに及んで、その智力と行動力、凄ましいまでのエネルギーに驚嘆の目を見張るのであった。時々刻々と移り変わって行く無常なるうつし世、限られた人間の命、それに反して成すべきことの如何に多く大きいことであろうか。自分に与えられた短い時間の中で果してどれ程のことが出来るのであろうか。

様々な難しい問題を抱え、あれやこれやと考え悩んでいると無力なる己の存在に言い知れぬ焦燥感を覚える日々であった。特に加茂村が洪水の度に水害にあい、百姓達は水害による凶作で飢餓状態に陥っている。それを早急に救ってやらなければならない。しかし上意下達による封建性と苛斂《かれん》なる年貢の取立ては百姓達の生活を一層深刻なものにしている。

当時の郡役所は徳島の城下町にあった。それが為に惣兵衛は三十キロ余りの道程を間断なく往来して年貢の減免やら納期の延長に懸命な努力をつづけなければならなかった。惣兵衛はいつも朝の暗い内に出て歩いて往来していたが、急を要する時には能率の向上を計る為、農耕用の馬を時々利用していた。

延宝時代に入って間もない年初の寒い朝のことであった。遅延している年貢米納入の問題があって惣兵衛は村人達を自宅に招いた。惣兵衛は村人達の顔を見て愕然とした。年末から年初にかけて公務に忙殺され、余り村人達と逢っていなかった。ところがどの顔を見てもほほの辺りがげっそりと削ぎ落とされたようにやせこけている。色は青白く全く生気がない。明らかに栄養失調の状態である。よく聞いてみると水害による凶作で食べる米がない。一日に二回雑炊をすすっているという者が多い。惣兵衛はその悲惨な状態を目のあたりにして胃の辺りがキリキリと痛むのを覚えた。早速女中に命じてあるだけの米を炊かせて握り飯を作り皆に与えた。村人達はそれを貪る様にして食った。中には喉をつまらせて目を白黒させる者もいた。飯を食い終わるとハラハラと涙を流す者や大声を上げて泣き出す者もいた。そうして「庄屋さん、有り難う有り難う、これで生き返った。庄屋さんは命の恩人じゃ」と言って惣兵衛に手を合す者やいつまでも泣きじゃくる者もいた。惣兵衛は悲痛な面持ちでこの情景を眺めていたが、これ程皆が困っているのであれば年貢米の話等とても出来るものではないと思い、話題を変えて会合をしめくくった。そうして正月の注連縄がとれる頃には徳島の郡役所へ出向き年貢米の減免やら納期の延長を願い出なければならぬと思った。万一それがどうしても認められない場合には、自分の私財を担保にして金を借り、村人達に代わって代払いする腹も固めた。

村人達が帰るとき惣兵衛は門の外まで見送りに出た。凍てついた如月の野に小雨まじりの雪が降りつづいている。村人の誰かについて来ていた黒と黄色のまじったまだら模様の犬がやせこけた体を軒下に伏せて、主人の帰りを待っていた。惣兵衛は「ああ、この犬も食物が充分に与えられていないんだな」とこの上もなく哀れに思えた。すると知行合一、万物一体の仁という言葉が脳裏を掠めた。世界は一体であり、山川草木瓦石に至るまで自分と一体である。そうした考えがあって仁の心が生れ行動に移る、さすればこの犬も自分と一体なんだと思うと踵を返して家の中に入り自分の昼食に残してあった握り飯一個をもって出て犬に与えた。犬はさも嬉しそうに尻尾を左右に大きく振りながらガツガツと食った。

すると年長の三吉爺さんが腰をかがめて近づき「庄屋さん、犬にまでこんなにして頂いて済みませんの……」と何度も何度も頭を下げた。「いや私が昼食用に二個残してあったので一つだけやったのよ、そんなに気をつかわんでおくれ、爺さんも風邪をひかん様に気をつけてのう」と心から労った。三吉爺さんはまたしても頭をふかく下げて大粒の涙を流した。村人達は「庄屋さん、本当に有り難うございました。くれぐれも御体を大事にして下さい」と言って三々五々と帰路についた。惣兵衛は静かに村人達を見送っていたが、余りにも悲惨な生活の実態を知り、悲痛な思いで胸がつよく締めつけられた。そうして熱い涙がとめどもなくほほを伝わって流れ落ちた。村人達は立ちつくしている惣兵衛に気づき二度大きく頭を下げたが、惣兵衛の目は涙にかすんでそれが見えなかった。

惣兵衛は旧暦一月十五日の早朝注連縄や門松を外して加茂川の畔へ出て恒例の左義長《さぎちょう》儀式にのっとり焼却をすませた。早速朝食を終えると外出の用意を整え厩舎へ入り、愛馬桜を引き出した。水と餌を充分に与え、鞍を置くとヒラリと馬上の人となった。そうして愛馬に鞭を当てると吉井村を駆けぬけ富岡の町内へと入った。正午近くまで重要な案件の処理に時間をついやし、寒さと空腹を覚えたので町の中央部にあるめし屋に入ることにした。そこは惣兵衛の行きつけの店である。ここで腹ごしらえをして徳島の郡役所まで出向いて行かなければならない。しかもその案件は飢餓に苦しむ村人達の生死にかかわる重要な問題であった。そうした惣兵衛の悲壮で慌ただしい昼食時の一瞬に図らずもお松と出合い、思わぬ運命の展開があろうとは神ならぬ身の知る由もない惣兵衛であった。

早春とは言え、吹きぬけて通る風は身を切るように冷たく、草鞋《わらじ》の底が凍りついてカチカチになり足の指先が痛い。それでも町の子供達は元気よく走りまわって凧上げに興じている。村の子供達とは大きな違いだと思う。つよい風が吹く度に凧が垂直に近くなるまで上方に舞い上がり、今にも糸が切れんばかりに張り切っている。

愛馬を近くにある桜の木の幹につないで水と餌を与えて大急ぎでめし屋の内へと入り、昼食を注文した。暫くすると顔見知りの女の子が大きな丼に半麦飯を入れ、味噌汁を添えてもって来た。惣兵衛は草鞋を脱いで火鉢の炭火で足を温めていたが、急いで足を降ろし丼飯に熱い番茶をぶっかけると飯を丸呑みする様にして箸を動かした。食事が終って空腹が満されホッと一息ついていると若くて美しい一人の女性が静かに入ってくるのが見えた。あとどこかで見たことのある娘さんだな、しかし余りにも美しくて品位のある女性に一寸場違いな感を覚えた。そうして、あっそうか、あの方は仁木宅左衛門さんの娘御だ。暫く見ぬ間になんと立派に成長されたものであろうかと思わず感嘆の声をもらした。

（二）お松の心情（その一）

（二）お松の心情（その一）

お松は仁木伊賀守の孫に当る宅左衛門の娘として生れた。梅檀《せんだん》は双葉より芳しと言われる通り、非常に聡明で心の優しい明るい性格の持ち主であった。八才の頃には百人一首を諳《そら》んじ、成長するにしたがって万葉集や新古今和歌集へもなじみ、今昔を問わず人の世の移り変わって行く様や人情の機微を知り、その知性は益々磨かれて天女のような輝きを放つ様になって行く。華かな娘時代に入ると更に進んで有名著書を次々と読破して行き、長い人間史の中で展開されてきた人間相互の感情のもつれや愛憎のドラマ、またそれによって起る栄枯盛衰の歴史の実態を深く知るようになり、人間のあるべき理想の姿とは、人間社会に於ける至高の真理とはということを更にふかく探究して行った。人間に必須不可欠の要素は倫理道徳である。更にそれをベースとして信義と礼節を重んじる社会、自我を捨て他人を思いやる愛情溢れる社会や治政でなければならない。そうしてうつし世に生きとし生ける者すべての人々が平和の裡に幸せに生きて行くべきである。しかし現実は余りにも厳しく悲惨である。如何に多くの人々が貧困と飢餓に苦しみ喘いでいることであろうか。病気になっても金がない為に医者にかかることも出来ない。折角生れて来た尊い子供の命が栄養失調によって次々と失われて行く。

最愛の吾子を失って悲嘆の涙にくれる母親。それをどうしてやることも出来ずに傍観している社会、はたしてこれが正常な人間社会と言えるのであろうか。いろいろと考え思いをめぐらせていると、人の世の無常と悲哀が痛切に胸をしめつける。

この様な悲惨な衆生の苦しみを取り除いてやる方法は無いものであろうか。せめて人間が人間らしく生きられる社会。一時でもよい心安らかに余裕をもって生きられる社会であって欲しい。折角生れてきた尊い子供の命を救って上げたい。飢えと病にくるしむ人々をなんとか救って上げたい。生れながらにして心優しいお松は日々こうした事に胸をいためていた。しかし若くて未熟な今の自分にはなんの力もない。そうして社会に蔓延する病理は途方もなく根がふかい。若くて未熟な女の感傷や場当り的な対策で片付くような問題ではない。こうした難問の解決に取りかかるとすれば、どうしても自分にそれ相応の力をつけてかからなくてはならない。そうしてそれは自我を捨てた霊性の向上であり、心から他人の為につくす事の出来る完成された自己の確立にある。

お松はそうした観点から、今までより以上に自己研鑽につとめ、知性を磨くことに専念する様になって行く。その結果、天性の美貌と明晰な頭脳は益々冴えて春の山野をかざる桜花の如き芳香を放つようになる。

そうして深窓に咲く稀代の才媛として近隣四方に知れ渡り、名門名家から降る様な縁談の申入れがあった。しかしお松は謙虚に自らを省みることを忘れなかった。自分はまだまだ未熟未完である。他人より少々頭がよいとか容姿がよいということは遺伝的に親から譲りうけたものであって自らの創意工夫によって形成されたものではない。ここで自惚れてはいけない。人間としての真の価値は長い時間の中で自らの努力によって作り上げて行くべきものである。それには様々な人生経験も必要である。そうした経験、体験を通して人情や社会の機微を知り、人倫の常径《じょうけい》を究め人の命の重さを充分に理解することによって深い慈悲の心を育んで行くべきではなかろうか。そうしてそれが自らの体内に充分蓄積されて、他人の為に真に役立つ人間として成長することであろう。自分が嫁ぐとすれば、そうした理想を共有する人であって相ともに助け合い、更なる修業の場と機会が与えられる事が前提条件であると考えていた。

お松は正月の十五日に所用のため富岡の町へ出た。南国阿波の南部とは言え、吹く風は冷たく身を切る様な寒さである。大空を仰ぐと白い千切れ雲が早い速度で流れて行く。遠い連山の頂きには真白い雪が残っていて淡い早春の太陽をうけてキラキラと光っている。あの山頂の雪が消える頃には川端の柳も芽ぐみ、そよ風にのって白い春の霞を運んでくることであろう。そうして森羅万象悉く息吹きやがて多くの花々が咲き乱れ、人々の心もひらき残酷無情なうつし世にも一時の安らぎとうるおいの時季が訪れるであろう、と様々な思いを込めながら予定していた用件をすませた。

朝、家を出るときは昼食までに帰ってくる予定であったが、大きく予定がくるってしまい、とっくに正午を過ぎていた。急に空腹を覚えたお松は周囲を静かに見渡した。すると近くに大きな提灯が軒下にぶら下げられてあり黒く太い字で「めし、うどん」とかかれてある食堂があった。あまりこんな所へ入った事がないお松はちょっとためらいを覚えた。しかし寒さも厳しく休む所もないので思い切って暖簾をくぐった。

綺麗に掃除の行き届いた室内の所々には大きな火鉢が配置され、赤々と炭火が焚かれていた。数人の先客があり、それぞれが火鉢を囲み暖を取りながら食事をしている。お松が入って行くと皆の目が一斉にお松に注がれた。余りにも場違いな天女の様に美しくて気品のある女性の到来に皆が驚いて目を見張ったのである。すると三十才代半ばと思われる男性が立ち上がって「お嬢さん、こちらへ御出なさい。私はもう終りますので」と言って招いてくれた。よく見ると人品いやしからざる中年の好男子である。「有り難うございます。私はここで結構で御座居ます」と言って座敷の端に腰を降ろした。しかし今日の寒さは格別で身にしみると思っていた。「失礼ですが仁木様の御嬢さんですね、寒いから御遠慮なさらずにどうぞ。私は加茂村の西惣兵衛です」と言ってニッコリと笑った。「ああ、加茂村の庄屋さんですか、御尊名はかねがね承っておりますが初めてのことで大変失礼致しました」と言って立ち上がり丁重に挨拶をした。お松は加茂村の庄屋と知り安心して近くへより、火鉢のそばへ静かに腰を降ろした。

炭火の火力がつよく凍えていた手足が急に生気を取り戻したように思われた。惣兵衛は美しくて物静かな、それでいて気品に充ちたお松を眩しそうにながめていたが、「私はこれから徳島の城下へ参りますのでこれで失礼します」と言って出て行った。

お松は惣兵衛のことは噂で聞いて知っていた。若い頃から、ふかく儒学を修め信義と礼節を重んじて村人達の救済に奔走しており、仁と愛を信条としている高徳の士であると聞いていた。図らずも今日初めて惣兵衛と逢ったのであるが、惣兵衛は色が白くて背の高い凛々しい容姿、それでいて物静かでおっとりとした態度はふかく学を修め、研鑽を重ねた人のみがもつ気品として溢れているように思われた。お松はそうした惣兵衛に対して畏敬の念を抱くと共に、なんだか初めて逢ったような気がしない。なにか同じ目的をもち理想を共有している年来の友人に逢ったような親しみを覚えた。

お松は軽い昼食を済まして戸外へ出た。早春のやわらかい日の光が地上に注がれているが吹き抜けて行く風は冷たい。赤い襟巻きを耳たぶが隠れてしまう位上にあげて右の手で押えながら足早に歩き出していた。そうして先程さりげなく別れた惣兵衛のことを思い出していた。私が常々心の中に描いて求めていた男性とは、あの様な智性と優しさを併せもつ、より人道的で学究的な人であったのではあるまいか。あの方のなに気ない素振りの中に漂う智性と教養は尋常ではない。万物一体の仁という真理によってあまねく慈愛を注がれる神仏の権化のように思われた。お松は惣兵衛の逞しくて凛々しい容姿とその体内から発散されていた智的で優しい心の香りをいろいろと思い返していると、いつの間にかその甘美なムードの中に自分の全身がすっぽりと包まれてしまっているのを覚え、思わず赤くなった。

今まで近くにいる多くの若い男の人をそれとなく観察してきたが、こんな感慨に浸るのは初めてのことであった。お松はよわい早春の西日を浴びて寒風にさらされながら、夕方近くになって我家へ帰りついた。

夕食が済んだ後で父の宅左衛門に富岡で加茂村の庄屋惣兵衛さんに逢ったことを話した。「お父様あの方は男っ振りも好いが智的で品性豊かな素晴らしい方ですね」と言った。「うん、あの人は若い頃から向学心がつよく主として儒学を学ばれ、高い理想を抱いて庄屋としての職務に没頭して居られる。とくに庄屋としての信条は仁と愛でなければならぬ。そうして人間の死生観とか価値ある人生の創造という根元的な問題の中で村人達に心の安らぎを与え、将来への展望と自立を促そうとしている様じゃ。また人間は神から尊い命を授かり、それぞれの使命をもって生かされている。そうして重い使命とともに健やかに幸せに生きる権利も与えられているとなー。しかもそれは武士も町人や百姓も同列に論ぜられるべきであって、今日の様な士農工商等という身分上の差別は神の意志に対する反逆であるとさえ言い切っている。彼の意見は正論であり、私も一人の人間として心からの賛意を表したい。しかし現代のような統治機構なり様々な形の社会制度が定着した中では、仲々難しい問題でもある。惣兵衛さんの考えるような高い理想への到達には長い長い時間と撓《たゆみ》ない努力、そうして社会全体が高度な進化を遂げる事が必要じゃ」と言って静かに笑った。お松は日頃温厚で他人の批評等した事のない父が、あれだけの正論を展開し社会全体に対して鋭い洞察をもっている事に驚いた。

　そうして「あの方ものー、水井村の庄屋の娘を嫁にもらっていたが、いろいろ悩んだ末にやむなく離別している。その女の人は嫉妬心がつよくて短気であり、異常な言動が多くて奉公人も置けないような状態であった等と世間では言っているようだ。しかし惣兵衛さんの様な深い学識と高い理想をもって行動する人と並の女性では、ちと格差が有り過ぎてついて行く事が出来なかったんじゃないかなー」と言った。

「それじゃお父様、昔から釣り合わぬは不縁の元と言われていますが、惣兵衛さんのもつ人格的な、そうして余りにも高い理想と普通の女性の間に拡がる埋め難い格差、その格差による日々の不安と焦燥がつのりつのって日常の言動の中で表面化し、時として暴発する様になった事が原因ですか」

「うん、その通りだと思うよ。大魚は浅海に棲まずの例の通り太平洋を回遊する鯨と那賀川の鮎であってはのー、長い人生を共に泳ぎ切ることは難しかろうて」と言って静かに笑った。

「そうですか、それじゃそのお方もお可哀想ですね」としみじみと言った。

そうしてお松は身近に人生の哀歓を鮮明に見せつけられた思いで複雑な心境になり、月光の輝く戸外へ出た。

淡い月光が山野に満ちて冷たい早春の夜風が音を立てて吹き荒び、無気味な野犬の遠吠えが如月の夜の空間を引き裂いて行くのを覚えた。

（三）　惣兵衛（その二）

物兵衛は郡役所の役人である梅沢小一郎と連れ立って歩いていた。長時間に亘る議論をつづけてやっと双方の合意点を見出し、上司の決済を得たのである。物兵衛の顔に笑みがこぼれ、これで百姓衆を救えるという安堵の表情がうかんでいた。真紅《まっか》な夕陽が西山の彼方に沈んで行こうとしている。夕映えの一時であった。

四国山地の中央部に源を発して悠々と流れ出る吉野川の清流は黒潮踊る太平洋へと注ぎ、上流にそびえる北面の山々は真白い雪に掩われて、時折りつよい北風が音を立て吹き抜けて行く。城山を取り巻く大きな濠端の道を通って川の畔へ出ると、残照に煌めく金波銀波がヒタヒタと岸辺を洗い、白いしぶきが立ち上っている。町の中央部に位置し、その威容を誇る徳島城の天守閣や西南の方面にそびえる秀麗な眉山も赤い夕陽の衣にすっぽりと包まれて、凍てつく如月の夜の到来に備えようとしているかの様に思われる。

黙って前方を歩いていた小一郎が急に立ち止って「素晴らしい夕景だな」と思わず感嘆の声をもらした。「まるで一幅の絵画を見ているようだ。今頃こんな美しい夕景色を見ることはめったにないよ」と言って川辺に設けられた木の柵によりかかり遠くへ視線を向けて、うっとりと美しい夕景を楽しんでいる。物兵衛は少し離れた位置に立って遠くに拡がる大海原へ視点を移し、海面スレスレにとび交う鴎の群れを珍しそうにながめていた。

漁に出ていたのであろうか、一艘の小舟が河口近くの波間に見え隠れしながら近づいてくる。よく見ていると舳先に棹をもった一人が立って、時折り棹を左右に差し代えながら舟の針路を正確に誘導している。近くにある小さな舟溜りへ入ると舳先にいた一人が舟の揺れ具合に合わせてヒラリと岸壁へとび上り、素早くもやい綱を近くにある杭に結びつけている。櫓《ろ》を漕ぐ手を止めた一人は艫の方へ移動したと思うと重い碇《いかり》をドボンと水中へ投げ入れ舟を固定した。「ああ、うまいもんだな。あれ程波があって揺れていても瞬時に舟を固定する。慣れた仕事とは言え息の合った二人だから出来るんだ。そうして人生とはそう言うものなのかも知れない。どんな優秀な人間でも一人では出来ぬ事も多い」そう思うとふと独身を通している身の苛立ちとも侘しさとも言えぬ思いが脳裏を掠めた。「梅沢様、もう寒いですから参りましょう」「うん、もうやがて日が暮れるの―」と言って二人で歩き出した。

先程までの真紅な夕陽は西山の彼方に消えて、辺り一面に夕靄が拡がり始めていた。町の中の大通りを横切って暫く歩くと、小路が交叉する町角に小さな食堂がある。物兵衛が時折立ちよるめし屋で外観に似合わず中は清潔な感じであり、物兵衛は充分気に入っている。

「梅沢様、一寸休んで行きましょう」と言って小一郎を誘った。小一郎は「うん、それでも拙者はいいや、もう帰らなくては」と言って辞退した。物兵衛は「まだお話したい事が残っておりますので、しばらくの間御付合い下さい」と言って先に中へ入ると、小一郎も「じゃあ、そうするか」と言って室内に入った。愛想のよい御内儀が出てきて「隣の室が空いておりますのでどうぞ御上がり下さいませ」と言って障子をあけた。二人が室内へ入ると赤々と炭火がもえている暖かい火鉢が運ばれ、熱い茶がいれられた。軽い食事を注文してから物兵衛は「梅沢様、本日は格別の御高配を賜わり有難うございました。物兵衛心より感謝申し上げます」と言って頭をふかく下げた。すると小一郎は手を上げてさえぎり、「そうじゃないいんだ。拙者は未熟な役人、貴殿の熱意と正論、そうして私心を捨てて村人達を救わんとする真心だよ。拙者は未熟な役人、判っていても出来ないことも多いんだ」と言ってニッコリと笑った。そうして「物兵衛殿の儒学を基調とする人間学、社会や政治学は傾聴に値する。いつかゆっくり聴かしてもらいたいと思っていたよ」と笑いながら言った。「何をおっしゃいます。私なんか全く浅学非才で恥ずかしい限りです。それよりか行政官としての梅沢様の御高見御温情こそ、私が常々感服し心から尊敬している所ですよ」と言って物兵衛はまた頭をふかく下げた。梅沢小一郎も仲々博学で高い見識をもって居り、物兵衛の論調とうまくかみ合って意気投合した。しかし惣兵衛のもつ人権論になると「うん、それは人間のもつ究極の理想であって現実的ではあるまい。その理想への到達には武士も町人も含めての高度な学問的普及が必要だ。そうして社会や政治の顕著な進歩がなければなるまい。士農工商等という階級社会が定着した今日、それは仲々難しい問題だ。少なくとも百年或いは二百年という長い年月を要すると思うよ」と言った。そうして「百姓衆は現在飢餓の為に食うや食わず、塗炭の苦しみをしている。しかるに我々武士は先祖の残した遺産即ち制度上の世襲によって財産をうけつぎ、農民達の血と汗の結晶である年貢によってのうのうと暮らしている。しかも不心得な奴はその立場を利用して非道な事を平気でやっている。これは許されるべき事ではない。奢る者久しからずで必ずその代償を払わなければならない時がやってくる。しかし今、我々がやるべき事は現代の政治や社会制度の中で如何に農民達の窮状を救い社会全体に明るさと希望を与えて行くかということだよ」と明快な論理を展開した。

惣兵衛は「お説御もっともと思います。しかし社会を構成する要素は一個の人間から始まります。しかも人それぞれに神から授った尊い命をもっております。人間の命の尊さは武士も町人もなん等変わらないと思います。それが百年も二百年も制度上の犠牲になったまま放置されてよいとは考えられません。そうしていつ如何なる時代に於ても治政の場に求められるものは仁であり愛でなければならないと思います。そうした愛情ある政治に対して大衆からの信が集ります。政治は大衆からの信なくして成り立ないと思います」と言うと「うん、惣兵衛殿の理想的な政治学だな、よく判ったよ。私も未熟未完な若輩者だが、その高い理想には大いなる共感を覚えるよ」と言って大きく頷いた。そうして「惣兵衛殿、貴殿の言う事はすべて正論だ。しかも大衆を思う真情は貴重なものだ。しかし物事はすべて理想通りに運ぶとは考えにくい。物事の成就には天の時、地の理、人の和が肝要だ。我々としてはそうした高い理想を掲げて真理を求めて努力することは当然だが、秋の到るのを待つ知恵も必要だ。この問題は次世代へ宿題として積残する事になるかも判らんがお互に出来る事から一生懸命やって行こう」と言ってニッコリと笑った。

惣兵衛はその言葉を聞いて、なんとも言えぬさわやかな気分になり現在の様な強権圧政の封建社会の中にあってもこの様な新進気鋭の俊才が育ちつつある事が嬉しく、この国の前途にも大いなる希望がもてるとしみじみ思うのであった。

そうした会話をつづける中で、いつしか打ちとけてそれぞれの身の上話やら四方山話に花が咲き、「惣兵衛殿、貴殿は独り身と聞いているが、どうしてなんだ」と怪訝そうに聞いた。そうして「庄屋という繁雑で重い責任を果して行くにはなにかと不自由であろう。もちろん、貴殿のような高い学識と卓越した人格の持ち主にはそんじょそこ等の女性では勤まるまいがのー」「梅沢様、私も一度妻をめとった事があります。故あって離別し己の不徳と不明を心から恥じております」と過去の経緯を話した。「ああ、そうだったのか。なるほど、釣り合ぬは不縁の元と言われるが、貴殿と並の女性ではのー、さもあらん」と呟いていたが、急に顔を上げて「ああ、惣兵衛殿、良い女性が居る。貴殿にピッタリの娘子でのー、家柄もよいが容姿と言い学識人品共に全く申し分のない娘じゃ。ああ、よかったよかった。これで決まりじゃ。先は目出たい目出たい」と一人で大はしゃぎをしている。惣兵衛は驚いて「梅沢様、それはちと」と困惑していると「実はのー、仁木伊賀守の孫宅左衛門の娘お松殿じゃ。それは素晴しいぞ。如何に堅物の貴殿でも一目惚れするぞ」と言ってまた愉快そうに笑った。惣兵衛は「エー」と言って驚き「そんな方と私では余りにも格差が大き過ぎます。とてもとても私なんか」と言いながら今日の昼間、富岡の町で偶然に出逢ったお松の美貌と気品に圧倒されていた事を思い出していた。すると「惣兵衛殿、貴殿は先程来度々人権論をぶっていたではないか。武士も町人や百姓もすべて神から尊い命を授かり生かされているとなー。私も同感だ。職業とか身分、己の信条によって差別されるべきではない。すべて人間は平等なんだ。まして貴殿のもつ深い学識と清廉高潔な人格からすればなんら等臆することはない。充分に挑戦権はあるよ。お松殿はのー、近隣四方に聞えた才媛で縁談は降る様にある。しかし仲々首を縦に振らぬそうな。とても並の男では彼女の眼鏡に叶うまいて。貴殿ならいける。絶対間違いないよ。遠慮するな」そうして「父親の宅左衛門殿とは拙者も時折役所で逢っている。話を通しておくから誰かしかるべき仲人を立てて申し込まれよ。拙者が仲人になってもよいが、直接担当している役人と庄屋ではなにかと世間がうるさいからのー。じゃあ、拙者はこれで帰る。頑張れよ、成功を祈る」と言って立ち上った。惣兵衛はこの若い役人の温い心に触れて思わず目頭が熱くなった。「有難うございます」心から謝辞を述べると、その後ろ姿が見えなくなるまで見送った。そうして愛馬を繋いである川の畔へと急いだ。

桜は寒風にさらされながら月光の川辺で所在なげにぼんやりと佇んでいた。惣兵衛が近づくと嬉しそうにヒヒンと一声高く嘶《いなな》いた。「おお、桜長らく待たせたのー、寒かっただろう」と言って馬上から餌を降ろして与え、やさしく長い顔を撫でてやり「それじゃ、これから帰る。よろしく頼むなー」と言うとヒラリと馬上に跨がった。十五夜のまんまるい月が皓々と輝き徳島城の雄大な天守閣が月光の中に鮮やかに浮び上って見える。

一鞭あてると桜はタッタッタッと勢いよく走り出した。しっかり手綱を握りしめながら今日偶然出合ったお松の神々しいまでに美しい姿を思い出していた。そうして先程梅沢小一郎の言った縁談について不思議な運命のめぐり合せを思わずにはいられなかった。

しかし小一郎が言う様にそんなに簡単にことが運ぶのであろうか。お松と自分を比較すると年齢的な差も大きく、まして自分は初婚ではない。そうしてあれ程の才媛、ちと条件的格差が大き過ぎるのではあるまいか。あれやこれやと様々な思いが交錯する中で迷いに迷っていた。しかし時間の経過と共になにか、吸いよせられる様にお松の方向へ一直線に傾斜して行く自分の心を止められなくなって行くのを覚えた。

凍てつく様な如月の夜の寒気の中を二時間余りもかけてようやく那賀川の畔に到着した。眩しいまでに煌めく月光を浴びて那賀川の清流がサラサラと音を立てて流れている。手綱をしめて馬を止めると、しばらく愛馬を休ませようと思い水辺の河原へ降りた。途中で二、三回小休させたが桜の鼻息が荒いので、今度は少々長く休ませようと思い川辺の石に腰を降した。桜は長い顔を川の中に突っ込むようにして喉を鳴らして水を呑んでいる。惣兵衛は冬の渇水期で川幅のせまくなった那賀川の水面から大野村の仁木家の方向へ頭を転じた。そこには月光の中にうかぶ大野村の全景が拡がり、美しい絵画でも見ている様な言い知れぬ魅惑と甘美なささやきがある様に思われた。そうして彼女は今頃どの様に過ごしているのであろうか。もうかなり夜も更けた。すでに寝所へ入ってふかい眠りについているのであろうか。そう言えばあのお松の白いうなじとふくよかな肢体、汚れを知らぬ若い女性のみがもつさわやかな色気がそこはかとなく辺り一面に漂っていた様に思う。天女の様な絶世の美女という形容詞は彼女の為に用意された言葉ではあるまいか等、様々な思いに耽っていると言い知れぬ焦燥感に襲われ、胸の辺りがキューッと締めつけられる思いがした。それは遠い忘却の彼方に消えた青春時代の初恋の思い出と重なり合って思わず顔が赤くなった。

物兵衛は最近独り身の空しさと寂寥感に襲われることがしばしばある。とくに役所と村人達の間に立ってうまく事が運ばぬ時等はその傷心をいやすすべもなく吹雪の荒野をただ一人で歩むことの孤独と侘しさを一入つよく覚える。そうして俺も生身の人間だ。妻がいて子供達がいて貧しくとも和かな団欒の一時と憩いの場が許されてもよいのではないかという思いが脳裏を掠める時がある。しかし俺は自我を没却して他人の為につくす、あくまで仁と愛を信条として生きようと決意している。そんな薄弱な考え方で貧苦に喘ぐ村人達を救えるか。と自分を自分で叱咤して今日まで耐えてきた。それでも最近益々複雑多岐に亘り多忙を極める庄屋という重責を完全に果して行こうと思えば独り身では済まされない限界に来ている事も事実である。そうした処へ時を見計ったかの如く梅沢小一郎からお松との縁談を持ち出された。ましてお松は知性と教養豊かな絶世の美女である。事の成否はともかくその話にのらぬ手はない。

様々な思いを胸に中天の月を静かにながめていた惣兵衛は川面を渡る寒風をうけて、その寒さに思わず身震いすると桜の背にヒラリととびのり、那賀川の浅瀬をめがけて乗り入れて行った。このまま北岸を進むと距離と時間はかなり短縮される。しかし敢えて南岸の道を選ぶことにしたのである。川を渡り終ると愛馬に鞭を当て、広い田園地帯の田圃道を一気に駆け抜けて行った。

しばらく走ってから仁木家の居宅はこの近くにある筈だと思い、手綱をしめてゆっくりと歩いた。お松の美しい面影を瞼に描いて馬上に揺れているとなんとも言えない喜びとも切なさとも言えぬ感慨が惣兵衛の胸にせまる。お松の家の近くをゆっくりと通り抜けて行くと黒々とした社の森が道の上にかぶさる様に茂っており、森の中から一羽の夜鴉《よがらす》が奇妙な啼き声を上げてとび去って行った。惣兵衛は今宵自分が取った行動を想起して思わずニガ笑いをしていた。それは自分が北岸を通らず遠まわりになる南岸の道をわざわざ選んだことであり、これはお松さんのもつ強い引力かなーとしみじみと思うのであった。

昼間富岡の町でお松に逢った時は、その美しさと育ちのよさを思わせる品性に圧倒される様な思いであったが、それ以上の格別な感情はなかった。それがあの梅沢小一郎の一言によって惣兵衛の男心が激しく揺さぶられ熱い血潮をもえ上らせることになった。そうして許されることなら妻に迎えたい。それが為にはどんな苦労をもいとうものではないと思うまでの心境の変化を来していたのである。

（四）悪徳高利貸・野上三左衛門（その一）

那賀郡吉井村に生まれた野上三左衛門は少年時代は頭もよく朗らかな性格で加茂村の庄屋惣兵衛とはなんでも腹を割って話し合える親友であった。その三左衛門が人生の方向舵を切り換え、悪徳高利貸しとして暗黒の社会へ足を踏み入れて行くのは三十才に達した時のことである。

三左衛門はふとした事から徳島で高利貸しをしている友吉という男と知り合いになった。友吉は社会の諸事百般に通じ明るくて豪放磊落《らいらく》な性格で、誰とでも如才なくつき合うことの出来る絶妙の社交術をもっており、三左衛門はその庶民性にひかれて親交をふかめて行くことになった。友吉も三左衛門の頭のよさと図太いまでの度胸のよさを見こんで、なにくれとなく面倒を見るようになる。

水は方円の器にしたがい、人は善悪の友による。

三左衛門はこうした友吉との出合いが徐々に拝金思想へと浸って行き、人格的変化を来すことになって思いもかけず天和の妖怪という悪名をさらし、後年に於て悲惨な最期を遂げることになって行く。

白く垂れこめた霞がすっぽりと町全体を包み、中天の月もおぼろにかすむ春も三月弥生の頃である。森羅万象悉く息吹き花鳥風月に親しむ春宵の一時、友吉に誘われて花柳界へ足を踏み入れた三左衛門はかすかに聞こえてくる三味《しゃみ》の音と多くの酔客が行き交う色街の妖しいムードに眩惑されて、若い男心を一挙にもえ上がらせていた。午後八時を過ぎた頃、友吉の案内によってとある高級料亭の門をくぐった。美しく着飾った仲居の笑顔に迎えられて奥まった一室へと通された。隅々までよく掃除の行き届いた広い室内には高価な調度品がバランスよく配置され、床の間の掛軸には有名画家の描いた赤富士が鮮やかに浮び上っていた。やがて美しく着飾った芸妓達が脂粉の香りを漂わせ、はなやいだ声を上げながら入ってくる。芸妓達は敷居ぎわにすわり三ツ指をついて「ようこそ御越し下さいました」と型通りの挨拶をして、それぞれが友吉と三左衛門の間に割って入り席についた。すると一挙に大輪の花がいく重にも咲いたようなあでやかな雰囲気になる。この時三左衛門の脳裏を一瞬かすめるものがあった。それは凶作によって飲まず食わずの生活をしている百姓達が多いという時代に、斯もあでやかで絢爛豪華な世界が存在することへの驚きでもあった。次々と運ばれてくる見たことも無いような料理の数々、口へ入れると、とろける様な味覚と全身のすみずみまで行き渡る満足感がある。さしつさされつ飲む程に酔う程にいよいよ宴はたけなわとなってくる。友吉はこの店の常連であるらしく、女将や仲居達とも気安く打ちとけた話をしている。話題も豊富で次から次へとつきることがない。流石に社交術にたけた粋人だと思う。芸妓たちは愉快な話にひかれて友吉に近づき、媚を売っているように思われる。三左衛門はなんだか無視されているように思い、憮然とした表情で盃を傾けていた。すると友吉が「おい、お花この人はうぶなお人じゃけにお前にあずける。酌をしてやってくれ。これを機会に度々来るからのー頼むで」と言う。お花と呼ばれた芸妓は「あいよ」と言って立ち上り三左衛門の側に来て膝に密着して座った。そうして「お花です、よろしゅうこそ御越し下さいました」と言って盃になみなみと酒を満した。三左衛門はお花の馥郁《ふくいく》たる脂粉の香りと豊満な肢体から伝わってくる温もりに触れて、激しい電流のようなものが全身を貫いて行くのを覚えた。近くでよく見てみると年の頃なら二十四、五というところであろうか。色が白く理智的な黒い瞳と真直ぐに通った高い鼻筋、笑う度にこぼれる白く美しい歯並びは三左衛門の心につよい印象として残った。三左衛門は急に辺りが明るくなったように思い嬉しくなって、一気に盃を干した。やがて年長の芸者が三味をひき、その妙なる音色に合せて友吉が渋い声で都々逸を歌った。

都々逸アーへたでも
やりくりやー上手

今朝も七つ屋でほめられた−

それに呼応してお花が唄い出した。すき透るような美しい声と高低起伏をつけた巧みな節まわしは骨の髄までしみ渡る。三左衛門は夢をみているような陶然とした気分で聞き入っていた。今度は三味をひきながら阿波のよしこのを歌い出すと皆が一斉に立ち上り、様々な型で阿波踊りが始まった。したたかに酔った三左衛門もうかれに浮かれて着物の裾を端折り手拭いでほおかむりをすると皆と歩調を合せて踊りまくった。唄い踊りさんざめく弦歌と共に夜おそくまで宴会はつづいた。踊りつかれて汗まみれになり、その場に座り込むとお花がぬれた手拭いで顔や首の辺りを優しく拭きとってくれた。そのとき触れたお花の手の感触はまたしても若い男心をムラムラと燃え上らせた。

三左衛門が生れて初めて味わう色街のたのしいムードである。とりわけあんなに若くて美しいお花に逢えたことはこの上もない喜びであり、どうしても近々にまた訪れたいと思うようになった。しかし帰り際に友吉が支払っている金額をみて驚いた。とても百姓風情の払えるような金ではない。そうして友吉は芸妓達にも皆で分けろと言って大枚の金を渡しているではないか。三左衛門はなるほど、これが色街のしきたりなんだと理解すると同時に自らの存在が余りにも惨めに思えるのであった。

そうして、友吉さんはなんであんなに金を持っているんだろう。高利貸しという商売とはそんなに儲かるものなのか。そんなに儲かるのなら自分もぜひやってみたい。

しかしこの仕事も中へ入っていよいよやるとなると色々と難しい問題もあるんじゃないか。今までの自分の認識では高利貸しとは強欲で冷酷非情な人間がやっていると聞いており、好感のもてる仕事ではないと考えていた。しかし友吉さんのような人も居るんだ。明るくて豪快であり人間としての優しさも充分もち合せている。料亭に入ってから出るまでの友吉さんの言動を見ていても、あれだけの大金を使いながら尊大な所が全くない。それで女将や芸妓たちからも好感をもたれ慕われている。今まで自分が考えていた高利貸し像とは全く違う。自分もあの様に大金を持って立派な料理屋へ上り楽しく遊んでみたい。そうしてあのお花にも、度々逢たいものだ。しかしそれが為には多くの金がいる。その金を儲けなければならない。その最も手っ取り早い方法は高利貸しという商売をやるしかないんじゃないかという結論に達した。

その様に考えると矢も楯もたまらず翌日になって友吉の家を訪ねた。そうして「私も高利貸しをしてみたい。そのやり方を教えて欲しい」と頼みこんだ。黙って三左衛門を見つめていた友吉は「高利貸しという仕事はそんなに生やさしいもんじゃないよ。もしどうしてもやるというなら相当な覚悟が要る。お前にそれが出来るかな」と言った。三左衛門は「友吉さん、私は昨夜家に帰ってから充分考えたんだ。人間が現世に存在する期間は限られている。いろいろと理想論を唱えてみても所詮は儚《はかな》くて空しいことなんだ。人間の本性が欲心によって貫かれている以上は金こそ至上でありすべてだ。人間五十年と言われる今日、私もすでに三十年も過ごしている。残された時間はせいぜい二十年位しかない。このままではなんの為にこの世に生れてきたのか全く意味がない。それよりか大きく金を儲けて楽しくて意義ある人生を送りたい。私はこの商売にすべてを賭けるつもりだ。この商売の為ならなんでもやる。どんな辛いことでも辛抱するよ。だから必要なことをすべて教えてくれ」「そうか、そんなにこの仕事がしたいのか。じゃあ教えよう。お前、外面如菩薩内心如夜叉《がいめんにょぼさつないしんにょやしゃ》ということを知っているかい」「うん、よく判らんが聞いたことはある」「それはのー、外面は慈悲深い仏の如く内心は鬼の如しということじゃ。この反対をやったら必ず失敗する。それでのーどんなに人が困っていても貧乏人には絶対金を貸すな。義理とか人情とかは完全に心の中から捨ててしまえ。金を貸す対象は必ず資産があり社会的地位のある人を選べ。そうしてどんな人でも担保を充分とることじゃ。それは金貸しの必須の要件じゃ。それを絶対忘れたらあかんぞ。それからのー、長く返済が滞るようになったら今までの仏の顔から鬼の顔に早変わりすることじゃ。本当の鬼になり切れんようじゃ高利貸しは出来んぞ。それと債務者心理の変化はたえず注視して行く必要がある。

借りる時のえびす顔、返す時のえんま顔

とよく言われているが、借りる時の心境と返す時の心境は大きく違うんだ。借りる時は有難くて涙を流す奴もいる。それが返す時にはなんとか理由をつけて延ばそうとする。或いは返済額を少しでも圧縮しようとする。それが認められないと無愛想なえんま顔になる。これが債務者、いや人間という動物の本性なんだ。こちらとしては命から二番目に大事な金を貸してそんな態度に出られたらたまったものじゃない。慈善事業をやっている訳じゃなし、あくまで営利を目的とした仕事なんだ。赤の他人にくれてやる余裕もなければ必要もない。義理や人情に流されるようなら高利貸しなどせぬ方がよい。それで債務の返済が滞るようになったら先程も言ったように本当の鬼に変身する。しかもそれは冷酷であり非情であってある種の残忍性も含まれると思え」

三左衛門はこの話を聞いて驚いた。あの明るくて人ざわりのよい友吉さんがそんな知られざる裏の顔をもっているんだろうか。俺にそんな巧みな演技と荒技が出来るかなと不安な心理が脳裏をよぎる。しかし一旦男が決めたことだ。やるしかないんじゃないかと思い友吉の家を辞した。

三左衛門は自分の所有する田畑を売り二十両の金を作った。人生の方向舵を切り換えて自らの退路を断ったのである。そうしてこの金をうまく運用すれば毎日利子がつき、自己増殖をつづけて大金になって行く。俺はこれによって近在切っての大金持ちになる。そう思うと心がワクワクして嬉しさがこみ上げてくる。そのときあの楽しかった夜の余りにも美しいお花の顔が瞼にうかんだ。これで成功すれば友吉さんのように自由に金が使える。豊かで幸せな生活をしてお花の所へも度々行くこともできよう。三左衛門の不逞な想念はもくもくと立ち登る黒煙の如く際限もなく大きな拡がりを見せ始めていた。しかし友吉さんの言っていた様にいざという時になって義理や人情を捨てて本当の鬼になれるものであろうか。親友である加茂村の庄屋惣兵衛はそのときなんと言うであろうか。彼は儒学をふかく修めているだけに義理人情にあつく慈悲の心もつよい。己の欲望を充足させる為に変心し人格的変化を遂げて行く俺に対してなんと言うであろうか。あれやこれやといろいろ考えていると心は乱れ言い知れぬ不安の念がもち上がってくる。その時友吉が言った言葉が思い出された。

外面如菩薩内心如夜叉

ああ、そうか。親友の惣兵衛には商売の実態を隠しておけばよい。そうして今まで以上に善人をよそおい、惣兵衛とは親交をふかめて内心に夜叉の心をひそかに住まわせていればよいのだ。あの友吉さんも外面は明るく優しい善人に見えるが、いざというときには冷酷非情な鬼になると言っていた。言うなれば二重人格者である。いやいや、もっともっと薄汚くてどす黒く複雑怪奇な多重な人格の持ち主であるのかも知れない。あの表面的な明るさと優しさは高利貸しという仕事をする上で不可欠な高度な技術なのであろうか。だとすれば自分もそれを見習って明るくて優しい善人を演じつづける必要がある。しかし事態の推移と状況の変化によっては徹底的に追及する。それは冷酷であり非情であって残忍性も含めた悪鬼への変身である。そうしてそれが高利貸しを始める為に必要不可欠な前提条件かと思えば三左衛門の心は曇る。しかしもう後戻りはできない。なにがあろうと前に向かって進んで行かざるを得ない。特に金を貸すということは常に危険がつきまとう。

千貫の借金に編笠一つという諺もある。

余程心をひき締めてかからなければなるまい。

外面如菩薩内心如夜叉か。

三左衛門は友吉の言った言葉がまた思い起された。そうしてなるほど、これは真理だ。これは高利貸しの為に神から送られた成功の為の聖典かも知れない。三左衛門は自己流の勝手な解釈に満足して小口でボツボツと貸金を始めてみた。

暫くすると周囲の状況に変化の兆しが見え始めた。今まで威張り散らしていた人々が急に低姿勢になり黙っていても力関係で自分が優位に立っていることがよく判った。それで充分な担保を要求しそれが満されると二十両の金を分散して貸しつけて行った。すると日々にしかも容易に自己増殖をつづけて行く。雨の日も風の日も盆であろうが正月であろうが関係なく時々刻々と増えつづけていく。それで毎月確実に返しに来る几帳面な人にはなるべく長く借りてもらい複利で計算することにした。一年位経ってから計算してみると倍近くにふくれ上っている。これは面白い。これ程らくで大きく儲かる商売は外にはあるまい。しかも債務者に対していつも優位に立っていることは実に爽快である。盆と正月には多くのつけ届けがある。そうしていつの間にかそれが至極当たり前の様に思えてくる。懐具合がよくなり社会全体を鳥瞰してみると町人や百姓達が朝早くから夜おそくまであくせく働いているのが実に馬鹿らしく思える。自分も三十才になるまであんな阿呆臭いことをよくやっていたものだと思うと口の辺りがへの字に歪みニガ笑いに変わった。

年が明けて早々に村で年初の会合があった。多くの村人達が氏神様の境内に集まり新鮮な気分で年賀の挨拶を交わして和かな一刻を過ごすことになった。皆な顔見知りであるだけに四方山話に花が咲き今年の天候のことやら稲作の予想へと展開して行って、みんなでワイワイガヤガヤと騒がしい。三左衛門もそれに加わって黙って皆の話を聞いていた。そうした中で三左衛門は村の空気が今までと違うことをつよく感じていた。久し振りに逢った友人達も昨年までと違った対応で接してくる。中には歯のうく様な御世辞を言うものもいる。会合の場では前年度の決算報告やら新しい年の予算編成が行われる。重要な問題の中で幹部からは時々三左衛門に意見が求められた。三左衛門が自分の考え方を述べると殆ど異議なく容易に受け入れられる。こんなことは今までなかったことである。三左衛門はそのとき言い知れぬ優越感を覚えた。しかしここで高ぶってはいけない。外面如菩薩だと思い温和な笑顔で通すことにした。そうしてなるほど、金の力とはこう言うものか。昔から地獄の沙汰も金次第とよく言われているが、これで納得がいった。金こそ正義、金こそ力だと固く信じる様になった。そうした三左衛門の拝金思想は徐々にしかも着実に思考上の変化を来し全人格的な変化が始まろうとしていたのである。

（五）華燭の典

お松（二）

水がぬるみ白い霞がそよ風にのって村々の山野を覆い、馥郁たる春の香りが鼻腔をくすぐる。道端の草木も青々とした新しい芽を出し、那賀川の堤防に添って植えられた吉野桜の花が今を盛りと咲き誇っている。お松は爛漫たる春の風情に誘われて家を出た。暖かい春の太陽をうけながら堤防の桜並木を散策すると、そよ風に吹かれて桜の花ビラがヒラヒラと静かに散って行く。

久方の光のどけき春の日に
　しず心なく花の散るらん

少女時代から親しんだ百人一首の一句を想い出し作者の雅な心情を偲んで思わずほほえんだ。そうしてこの様な雅な日々がもっともっと長く続かぬものかと思った。しかし花の命は短くて儚い。もう数日もすれば跡形もなく散りはてて季節は大きく変化することであろう。太古いらい多くの人々がこうした惜春の情にかられて時々刻々と移り変わって行くうつし世の無常をいく度となく痛感したことであろうか。そう言えば、あれから早くも二ヶ月余りの時日が流れて去った。加茂村の庄屋惣兵衛さんも日々忙しく立ち働いておられることであろうと思うと惣兵衛のニコヤカな笑顔が瞼の中にうかんできた。そうして仁と愛がなんと優しくて麗しいことではないか。これこそ真の仏道に通ずる至高の真理と言えるのではあるまいか。自分もこうした仁とか愛と言うことが日常生活の中に極めて自然な形で融合し弘法大師の教義であるふかい慈悲の心で他人に接することが出来れば悔いのない素晴しい人生を送ることが出来るのではないかと思われた。

お松は若い女性特有の様々な感慨を胸に秘めながら踵《きびす》を返して我家へと向かった。家に帰ると父の宅左衛門が「お松、ちょっと」と言って自分の室へ入る様に招かれた。なんであろうかと思いながら室内へ入ると父は床の間の花瓶に桜の花を活けて静かに眺めながら「綺麗だろう」と言ってほほえみ、お松をじっと見つめる。「お父さま、なんですか。何か格別の御用」と言うと「うん、重要な用件じゃ。心して聞いて置くように。そうして自分の判断で決めなさい。大事なお前の一生の問題じゃ。もし迷いがあったら遠慮なく言いなさい。その時は私も意見を述べる」と言い、「実はのー、先程吉井村の庄屋さんが来られてのー、お前を嫁に欲しいと言う人が居るそうな。それはお前が正月に逢ったと言う加茂村の庄屋惣兵衛さんだ。親の私も返事に困ったよ」お松はそれを聞いて驚き「エッ本当ですか」と言って絶句し次の言葉が出なかった。なるほど、一見しただけではあるが人格識見共に申し分のない殿方ではある。しかし結婚となるとどうしてよいのか判らなくなってしまった。その様子をみて宅左衛門は「あの人は外見と言い人格識見共に申し分はない。特に仁と愛に生きようとする考え方は貴重なものじゃ。しかしあの人にも欠点はある。それは初婚でないことと、お前と較べて年齢的な差が、ちと大き過ぎることじゃ。それで決して無理な決断をせぬ方がよい。よく時間をかけて考えなさい」と言った。お松は「ハイ」と言って父の前を辞し自分の室に入った。顔が火照って胸が高鳴りどう判断すべきか大きく迷った。しかしなぜかほのぼのとした喜びのような物がこみ上げてくるのを覚えた。お松はあの時いらい、今日の日が来るのを心待ちにしていたんじゃなかろうかと思うとまた顔が赤くなってきた。そうして惣兵衛さんももしかすると私のことを思い二ヶ月余りも悩んで来たんじゃなかろうか。しかし礼節を重んじる方だけに自分の口から直接に意志表示はせずに、しかるべき人を立てての申入れになったんではあるまいかと考えていた。

お松は時間の経過と共に心の底から嬉しさがこみ上げてくる様になり心は決った。父の言っていたことも若干は気になるが、共通の理想をもって共に手を取り合って歩める人生はあの方以外には考えられない。どんな困難があろうとそれは二人の愛情で乗り越えて行

ける と判断していた。

それから暫くして惣兵衛は暖かい春のそよ風に吹かれながらサラサラと流れ出る加茂川の畔に佇んでいた。澄み切った水面が眩しい春の日差しをうけてキラキラと煌めいている。その水面の一点を静かにながめているとお松の美しく優しい笑顔がはっきりと浮び上ってきた。惣兵衛は思わず「お松さん」と呟いていた。そうして「ああ、幻影か。俺も近頃どうかしているな」と言って静かに笑った。

あれから早くも三ヶ月近い時日が流れていた。そうして不思議な人間の運命のめぐり合せと言おうか生身の人間の心の中に芽生えた異性への憧れ、それが日毎夜毎に拡大され膨張して、やがてやみ難い恋情へと変わり自己の人生に於ける重要な課題としてのしかかって居ることを強く痛感していた。

惣兵衛は加茂村の庄屋としての重責を果す為に自我を没却して生きる、そうして他人の為につくす即ち公事優先であり、村人達の救済を第一義と考えて生きてきた。それが自己の個人的な課題の中に埋没して目指すべき高い理想から些かでも遠ざかる事は許されるべき事ではない。雑念を払って清く正しく己の信念に基づいて邁進すべきである。しかしあの時いらい昼夜を分たず己の想念の中にどっかと腰を降ろしたように棲みついてしまったお松の姿、それは正に昼はまぼろし夜は夢という歌詞の如く日を追う毎にその濃度を増して行く。そうして志操堅固な惣兵衛の心を激しく揺さぶりつづけるのであった。「これではいかん。如何に生物学的な本能のなさしめる所とは言え、己の思考の中で異性への想念が高いウエイトを占めることは私情優先以外のなにものでもない。俺は加茂村の庄屋という重責を担っている。私情で動くことは断じて許されないのだ。忘れよう、忘れてしまうのだ」と思いつづけ、己を律する為の努力をつづけてきた。しかし忘れようと思えば思う程、お松を思う恋情は激しさを増してくる。道を歩いていて全く別人である女性を見てもお松にみえてハッとする事が多くなった。惣兵衛はそうした事から自己を律する理性の限界に近づきつつある事を覚え、あの若い梅沢小一郎の一言が己の運命を大きく転換させようとしていることを深く自覚していた。そうして余りにも一直線に傾斜して行く己の考え方の危うさと未熟未完を改めて認識し、迷いこんでしまったくらやみの中から脱却する方策について賢者の意見を求めようと考えていた。

そうして三月三日桃の節句を迎え、久し振りに梅沢小一郎と逢う機会を得た。公事について種々意見を交わし、いよいよ帰ろうとすると梅沢は急に小声になり「お松殿との件はうまく行っているか」と訊ねられた。惣兵衛は「いや、あれからなんの行動もしておらず一切進んでおりません」と言うと「それはいかんな。昔から娘の見置きと山の見置きはせぬものじゃと言われている。早くせんとあれ程の女性、いつの間にかとんびに油揚げをさらわれたということになってしまうぞ。貴殿の様に儒学をふかく修めた人間としての高潔な考え方、農民達の為に一身を投じようとする高い理想は高く評価し心から歓迎する。しかし生涯を通して己の理想を追求し達成しようと思えば人生のよき伴侶が不可欠だ。その時一寸思わんか、惣兵衛殿」と言い、更に「過日のー、父親の宅左衛門殿と逢った。そう耳打ちしておいた。驚いた様子であったが、まんざらでもない様であったよ。早くしろよ」と言うと静かに笑いながら立ち去って行った。

惣兵衛はそれから暫くの間、様々に考えをめぐらせてきた。年齢的な差も大きく惣兵衛が初婚でないことやお松のもつ若さと美貌等条件的な落差を考え、仲々踏み切れなかったのであるが梅沢小一郎の言葉に誘発された形で意を決し、ついに二十日位前に吉井村の庄屋に仲介の労を取ってもらう様に依頼した。吉井村の庄屋は喜んで心よく引きうけてくれた。もう近々なん等かの回答がある筈だと考えると冷静沈着な惣兵衛も仲々落ちついていることが出来ず、ふらりと家を出て加茂川の水辺に立っていたのである。

萌える様な新緑が春のそよ風にゆれる柳の木蔭に入った。惣兵衛は、その場の河原の石に腰を下ろして物思いに耽っていた。すると不意に「旦那様」と言う女中タミの声がした。「おお」と言って振り返ると「お客様がおみえになりました。吉井村の庄屋さんですよ」と言う。惣兵衛は驚きとも喜びともつかぬ声で「うん、直ぐ帰る。丁重に御通しして置いてくれ」と言って立ち上った。惣兵衛の心は激しく揺れた。期待と不安と喜びが入り混った複雑な心境の中で心臓の鼓動が高鳴っている。それでも惣兵衛はゆっくりと歩き始めた。タミについて来ていた愛犬ゴンが喜んでとびついてくる。いつもなら頭を撫でてやりいろいろ相手をしてやるのであるが、今はその余裕はない。

室内へ入ると羽織、袴で正装した吉井村の庄屋夫婦が正座して待っていた。「お待せ致しました。本日はまた御忙しい中、遠路わざわざ御足労を賜わり恐縮に存じます」と丁重に挨拶をした。すると庄屋夫婦は満面に笑みをうかべて「大変遅くなりました」と言った。惣兵衛は庄屋夫婦の落ちついた言動から良好な方向へ事態が進展していることを敏感に感じとっていた。そうして今までの経過を詳しく話し、お松が非常に好意的でありトントン拍子で進んでいるとの報告をうけた。「特にお松さんは貴方のもつ仁と愛を基調とする思想と高潔な人格を高く評価されて、年齢的な格差とか過去のこと等全く問題にしておらず、共通の理想をもって貴方の御手伝いが出来ることは無上の喜びであると言っておられた。さすがに最近稀にみる才媛との誉れが高い仁木家のお嬢さんであると、家内共々深い感銘を覚えた次第です」と言った。惣兵衛はこの話を聞いて、不徳で未完な自分をそれ程までに評価してくれるお松の心情にふかい感動を覚え、体内からこみ上げてくる喜びを抑え切れなくなっていた。

惣兵衛は再度丁重に頭を下げて「貴方様方御夫妻の御尽力によりまして事態が順調に展開しておりますとのお話を伺い、惣兵衛無上の喜びと感激を覚えて居ります。御温情の数々心より厚く御礼申し上げます。今後、何かと御面倒を御掛け致しますが、何分共よろしく御願い申し上げます」と言って深々と頭を下げた。

それから間もなく結納の儀式が取り行われ、暫くしてから華燭の典が挙行されたのであった。

（六）野上三左衛門（その二）

野上三左衛門（二）

長くて寒かった冬も去った。ゆっくりと流れる那賀川の水面に暖かい春の陽が差してキラキラと燦《きらめ》いている。遠く近くの山々から美しい鴬の啼き声が聞えてくる。雲が流れ木々は芽ぐみ花の蕾もふくらみ始めた。三左衛門は様々な思索をめぐらしながら富岡の町へと向っていた。高利貸を始めてから数年の時日が過ぎて行ったが商売は極めて順調であり、大きな富を手にすることが出来た。高利貸はしていても外面如菩薩を演じている限り、余り悪評が流れることもない。時折りその日暮しの貧乏人から借金の申込みがあるが、友吉に教えられたことを厳守して一切貸したことがない。そんな時には高飛車に断るのではなく、高利で金を借りることの怖さを説き「貴方の生活を守るためにやめて置く様に」と丁重に断っていた。それで取立てによって夜叉になる必要もなく順調に推移し発展して来たのである。ところが一昨日久し振りに徳島の友吉より連絡があって富岡で有名な老舗に五十両の金を貸してやって欲しいと言って来たので、それに応ずるべく金子《きんす》を用意して出てきたのである。

丁度昼食時に指定された旅館に入った。すでに友吉は到着して奥の間で待って居り、久し振りに逢う懐しさもあってお互いの無事を喜び合い、用意されていた昼食を共にした。そうして友吉がまず口を開いて「福屋さんものー、かなり年をとって跡取りがないため、どうも近頃は商いの方も不振のようじゃ。三日程前に私の所へ来て五十両ばかりどうしても必要だと言ってのー。私が出してもよいんじゃが富岡のことじゃから、お前のことを話して一応了解をとってある。私の調べたところでは総資産は三百両位はある。大分年をとっているが充分担保を取っておけば心配はないと思うよ」と言って笑った。「友吉さんのお話ですから喜んでやらせて頂きます。その代り担保は資産全部ということでどうでしょうか。なに、金が返れば担保は即座にお返ししますよ」「うん、それじゃ福屋さんへその様に話しましょう」暫くして福屋の主人が入って来た。高齢の為か足元がふらついている様に思われた。友吉よりお互いの紹介があり、三左衛門は丁重に挨拶をした。友吉が「福屋さん、一寸」と言って別室に入り暫く相談しているようであったが、二人で笑いながら入って来た。そうして「三左衛門さん、福屋さんに了解して頂いたよ。その代り返金があれば直ぐに担保を返してやっておくれよ」「ええ、それはもう至極当然のことで御座いますのでお金を頂くと同時に御返しさせて頂きます」すると福屋の主人は「いや、助かりました。最近、年のせいか気力体力共に衰えましてのー。人様からお金を借りることになり恥ずかしい次第です。何分共によろしく御願いします」と言って深々と頭を下げた。そうして「これはすべて極秘に願います」と言った。このとき三左衛門は言い知れぬ優越感と共にムラムラと邪心が頭をもたげつつあるのを覚えた。

友吉が書類一切を整え署名押印の上、五十両の金が福屋の主人に渡された。一切の取引が終って外へ出たとき偶然にも加茂村の庄屋惣兵衛にバッタリと出合った。三左衛門は「あ、久し振りじゃのー。どうじゃそこらで一寸休んで行こうか」と言って近くの小料理屋へ入った。中庭のよく見える明るい間に入って二人で向い合って座り、いろいろと四方山話に花が咲いた。ややあって惣兵衛が「三左衛門さん、貴方金貸しをやって随分もうけているそうじゃないか。しかし高利貸を長くやっていると人間の本性である欲望の高まりから徐々に人格的変化が起ると言うから、そこ等は充分気をつけてのー」「うん、わしもそのことを考えてすべて良心的に取り扱っているつもりじゃ。若い頃は高利貸しと聞くとすぐその上に悪徳をつけて考えるくせがあったが、やってみると種々と人様のお役に立つことも多くてのー。現実の経済社会が発展する要素になっているよ」「それならいいんだ。何をしても世の為人の為になることをするのが肝腎じゃからのー」と言って二人で顔を見合せて笑った。「惣兵衛さん、この様な御時世に庄屋を勤めるということも仲々大変じゃろうなー。百姓達の為に貴方が身代をすりへらしていると聞いているが仲々出来んことじゃ」「うん、しかしのー人間の一生なんて短くて儚いものじゃ。大きな富を蓄えてみても持って死ねるものじゃなし、少々ある財産が村人達の生活の向上に役立つなら先祖から受けついだ物が全部無くなっても悔いはないよ」と言って惣兵衛は屈託なげに笑った。三左衛門は心の中で「ああ、この人はこのせち辛い時代に生きる人間として、俺とは全く価値観が違うな。俺は金こそ力であり、金こそ正義だと思っている。他人のためにたとえビタ一文といえども無駄に使うような愚かなことはしない」そう思いながら「惣兵衛さん、貴男個人で金が要る様なことはないと思うけど百姓達のために緊急に必要な時には、いつでも言っておくれよ。喜んで協力さしてもらうから」と言った。「有難う、志は有難く頂いておくよ。まあ体に気をつけてしっかり頑張っておくれ」二人は久し振りに旧交を温めてその場を辞した。

それから三ヶ月位経ったある初夏の午後、知人よりの知らせで福屋さんが病気で重態であるとの一報をうけた。三左衛門は「ええ、それはまたお気の毒に」と言ったが心の中ではニヤリと笑っていた。三左衛門の鋭敏な頭脳は電光の如くきらめき、ある一つの目的に向ってまっしぐらに走り始めていた。早速外出着に代えて家を出た。福屋へお見舞いに行くためであった。外面如菩薩内心如夜叉を心の中に繰り返しながらある一つの奸計を立てていた。

福屋へ着いたのは午後六時近くになっており、長い初夏の日がようやく西山の彼方に没しようとしていた。邸内の築山の緑が一層濃度を増し、紫陽花が赤い夕陽を浴びてキラキラと輝いている。出迎えに出た若い女の店員に来意を告げると早速奥の間へ案内された。奥の間で寝ている主人の枕元近くで如何にも心配そうにオロオロしている老妻のオタキに向って丁寧な挨拶をして「福屋さん、体の具合はどうですか。しっかりせにゃあきませんよ」と言うと大きく目を開けて「三左衛門さん、済みません。お金の方はまだ全部出来ておりませんが三十両用意してあります。残りはもうしばらく待ってください。オタキ、三十両御払いして」と言うと文箱の中から取り出して三左衛門に渡した。三左衛門はその金を受けとると「福屋さん、お金はいつでもよいのですよ。どうぞ安心してゆっくり養生して下さい。奥様有難う御座いました。くれぐれも充分にお気をつけられて御看病なさって下さい。ではこれで失礼します」と言って室外へ出た。三左衛門は暫くの間神妙な面もちでゆっくりと歩いていたが邸外へ出ると「フフフ」と言って意味ありげに含み笑いをした。そうして「うん、これでうまく行く。気の毒だがあの爺ももう十日も持つまい。俺の仕事はそれからだ。最も少ない投資と労力によって最大の利益を上げる。俺は経済の原則には忠実に生きる男だ。万計の妙を用いて一挙に高い階段を駆け上ってやる。そうしていよいよ内心如夜叉の出番だ」好機到来とみれば容赦なく鬼になるつもりである。

それから三左衛門は行きつけの小料理屋へ立ち寄り籠を仕立てて家に帰った。いつになく上機嫌である。門の戸を開けると大きな声で「おせき、今帰ったよ」「アラお前さん、今夜はずいぶん遅かったわね」そうして「福屋さんの御容態はどうでしたの」と訊ねた。「うん、もう十日もすれば必ずくたばるよ。福屋さんは我家にとっては福の神じゃ」と一人言を言った。「あんた、なに言っているの。人様に聞かれたら大変よ」と言って周囲を注意ぶかくみまわした。「心配するな。今頃、誰も居やしないよ。まあ酒でも一ぱいつけてくれ」上々の機嫌で晩酌を煽り寝所に入った。

それから三日後、福屋の主人が危篤という報があった。三左衛門は早速行動を開始した。徳島の城下町へ出て福屋の仕入れ先をまわり、主人が危篤であること。自分も二百両の金を貸してあるが未だに返済をうけておらず困っていると言いふらした。それからまた富岡の町へ帰ると福屋は大きな借金がある。自分も大金を貸してあり財産全部を担保に取っていると人の集りそうな料理屋や旅館で大きく宣伝して歩いた。

それから二日後、福屋の主人は息をひき取った。葬儀は盛大に行われたが、人々の間で福屋は大きな借金があり、もう立ち直れないのではないか。家屋敷や商品に至るまで高利貸野上三左衛門が担保に取っている様だと噂をし合っていた。人の噂とは怖いもので葬儀がすむと先ず問屋が来て売掛金の回収にかかり、その他の諸払いも今までと違って容赦なく請求される。主人の死によって悲嘆のどん底にある老夫人オタキは呆然として何ごとにも手がつかず、「主人が死んだばかりで今、金の工面がつかない。暫く待って欲しい」と言うと問屋は「それなら品物を引上げさせてもらう」と言う。奉公人達も日々の取立てに怯え噂を耳にして一人去り二人去り老夫人オタキ一人になってしまった。

野上三左衛門（三）

三左衛門はある一つの奸計をめぐらし、その目的を達成する為に極めて冷徹な計算をしていた。謀りごとは密なるをもってよしとする。それは福屋へ金を貸した時から自らの心の奥ふかく秘めた壮大な計画のことであり、それを実践し成功させる上で不可欠な要素であると考えていた。三左衛門は生物学的見地から考えて、すでに八十才になんなんとするこの老夫婦の余命は限られている。長くて二、三年、短ければ一、二ヶ月、いや明日のことであるかも知れない。兎に角必然的に訪れるであろうこの老夫婦の終末期に於て起り得るあらゆる状況を想定し、五十両の借金に対し全財産を担保にとったのである。特に福屋の主人が借金のことはぜひ極秘にして欲しいと言っていたことは、三左衛門が計画を遂行する上で願ってもない好都合であった。

五十両の借金の期限はすでに切れている。しかし三十両の金をうけとり福屋の主人が死んでからは一切動いていない。静かに福屋の動勢を探り世間の風評を注意ぶかく検証していたのである。福屋の元奉公人の話によると老妻のオタキは主人の死後悲嘆の涙にくれて食物も喉を通らず床に伏したままであり、このままではとても体がもつまいと言う。そうして福屋は三左衛門より二百両余りの金を借りており、財産は全部担保に取られているらしい。流石の老舗もこれで終りであろうというのが一般的な社会の風評である。

三左衛門は福屋の主人が存命中に自分が流した虚偽の情報が真実として伝わり広く浸透していることを確認すると、おもむろに第二のステップに足を掛けようとしていた。三左衛門は更に時間をかけて情報を収集し詳細に分析して計画の実行に着手した。

七月に入ると長く降りつづいていた雨もやみ、カンカン照りの暑い日がつづいた。三左衛門は午後になってから真新しい浴衣に着替え、角帯を締めると家を出てゆっくりと歩き始めた。三左衛門の表情には奸知にたけた人間のみがもつ揺るぎない自信と闘志がみなぎっていた。広大な田園地帯の拡がる那賀川平野は植え付けられた稲が大きく伸びて出穂期を迎えて青々として吹き抜ける川風にゆれている。晴れ上った大空には白鷺の群れがとび交い、小川のせせらぎには元気な子供達が水遊びに興じている。三左衛門は幼かった頃を懐しく思い出しながら大野村を通り抜け宝田村の知り合いへ立ち寄った。

主人の松吉は近くで畑仕事をしていたが三左衛門を見かけると汚れた手拭いで汗をふきながら入って来た。そうして「三左衛門さん、暑いのにお元気そうで何よりじゃ。商売の方も仲々盛大でよう儲けとると皆が噂しとるでのー。暑いけに上へあがってゆっくり休んでいってなー。冷たいお茶でも入れるけに」と言う。「うん、暑いので少々つかれた。暫く休ませてもらうか」座敷へ上ると裏側の開け放たれた窓から涼しい風が吹き込んでくる。松吉も手足を洗って三左衛門の前に座り「本当に今日は暑いのー。時に三左衛門さん、この間、福屋の主人がなくなってのー、わしも知り合いじゃけに焼香に行って来たが盛大な葬式じゃったぜ。その時のー、皆の噂では三左衛門さんより二百両の借金をしている。そうして福屋の財産は全部貴方の担保になっている。払えなかったら福屋もこれでおしまいじゃと言っとったよ。それはほんまかいなー」「うん、最初は徳島の友吉さんの紹介で五十両貸した。すると暫くしてもう二百両どうしても要ると言ってのー。最初に財産全部担保に入れてもらっていたので出したんだ。主人がなくなる前に三十両返してもらったが合計でまだ二百二十両残っている。わしもこれには参ったわい」「ええ、そらほんなら事実やったんじゃのー。なんでまた福屋がそんな大金を借らにゃいかなんだかのー」「うん、昔から有るようでないのが金で、無いようであるのが借金だと言われているが、正にその例えの通りじゃて。うん、困った困った」と三左衛門は深刻な表情で吐息をついた。「そりゃ困ったのー。しかし福屋の財産が全部なら損はせんよ。福屋の財産は昔から少なくみても三百両多めにみると四百両は下らんと言われているからのー」「うん、それでものー、わしは不動産屋と違うけに、現金でなけりゃ商売が成りたたんわ」「そりゃそうじゃのー、そんなら早う売りとばしてしもたらええじゃろが」「いやなー、今の御時世ではあれだけの物を直ぐには買い取る人はおらんじゃろ」それでも福屋と自分のことが広く社会全般に知れ渡っていると思い、思わずニヤリとした。

松吉と二人で長話に興じていると夕方が近くなった。三左衛門は松吉に謝礼の挨拶をして外へ出た。赤い夕陽が沈み高い山の端が僅かに赤く輝いている。ああ、大分涼しくなったと思い急いで富岡の町へと向かった。富岡へ入った頃にはもう辺りは薄暗くなりかけていた。そのまま福屋へ直行し入口の門の戸を叩いて声をかけたが応答がない。裏の勝手口へまわり引戸をひくとガラガラと音を立てて戸が開いた。ここから入れば一番奥まった室に最も近い筈だと思い中側の板戸を開けて「今晩は、今晩は」と大きな声で呼んでみた。しかし広大な邸内はくらやみの中にしんとして静まりかえっている。かまどの辺りをよくみまわしていると提灯が並んでかけてある。その中の一つを手にとり燧石《ひうちいし》でろうそくに火をつけた。三左衛門はなんだか胸さわぎがして急いで奥の間に入ってみると誰かが寝ているようだ。「奥さん、奥さん」と声をかけたがなんの応答もない。枕元には文箱が開けられたままになっており、書類の様なものが散乱している。どうしたんだろうと思い近よってみると福屋の老夫人が腹這いをしたままですでに冷たくなっている。流石の三左衛門もこのときばかりは飛び上らんばかりに驚いた。しかし後年天和の妖怪と呼ばれただけに直ぐ冷静さを取り戻した。

開けられたままになっている文箱を確認すると様々な重要書類や大切な印鑑が入っている。福屋の印鑑は独特な作りで柘植の木で八角形になっており真中へ福屋と鮮明に彫ってある。三左衛門は借金の証文に押捺してあるものと同じだと思い「うん、これだ間違いない」そう思うと素早く印鑑を懐へ入れた。

三左衛門が今日わざわざ福屋へ出向いて来た目的は貸金に対する残債と担保物件の処理に関して決着をつける事にあった。

貸金の証書には期日に返済が出来ない場合は担保物件は全部三左衛門に引渡すと明記されている。そうしてその期日はもうとっくに切れている。普通であれば期日が来れば必ず取立てに行き返済を受けている。しかし今回は全く違っていた。それは福屋の主人が死んだ事により周囲が騒がしく落ちついていない。それが鎮静化してからでも遅くはない。無力な老妻のオタキが相手ならどの様にしてでも片はつけられる。余り早くから行動を起こすとかえって障害が生ずる恐れがある。要は二十両の残債ではなく福屋の全財産が目的である。外面如菩薩で行く方が社会的影響も少なくてすむ。そうして最後には内心如夜叉即ち悪鬼への変身も辞さない考えである。しかしオタキが死んでしまった以上、その必要はない。要は第三者に対する大義名分を文書によって立証出来る様にして置けばよい。ところが思いもかけず福屋の印判が手に入った。

三左衛門は大急ぎで福屋を出て我家へとひき返した。あまりにも急いだので全身から汗が吹き出し大きく喘いでいた。行水をして夕食を済ますとじっくりと考え精緻な二百両の借用証を作成し持ち帰った福屋の印鑑を押して予想される事態の展開に備えた。オタキの死はその翌日立ち寄った親族の者によって確認され、しめやかな葬儀が行われた。

それから数日後、福屋の親族の代表者等二人が債務確認の為と言って三左衛門宅を訪れた。そうして「この度は福屋が色々と御世話になりまして有難うございました。今日御邪魔させて頂いたのは外でもありませんが、福屋の債務確認とそれに伴います物件処理等についてて貴方の御考えを承りたく参上致した次第で御座います」と言って頭を下げた。すると三左衛門は「いやいや、これはどうもこの度は福屋さんの重ね重ねの御不幸心より御悔やみ申し上げます。諸行無常は浮世の常とは言いながら余りにも慌ただしい御二人様の御他界、ふかい悲しみと哀惜の念に堪えません。しかし私の方も多額の債権でございますので、いずれ皆様の御存念等を御伺いしながら方針を決めなければならないと考えております。皆様にはすでに御存じよりのこととは存じますが、福屋さんの残債は二百二十両になっております」と平然として言い放ったのである。代表者の一人は「やはりそうでしたか。世間の風評では福屋は貴方様より二百両位の借金があるのではないかと聞いておりましたが、オタキにそれを確認しようと思っていた所、急にあんなことになってしまって大変申し訳なく思っております。ただオタキの死後、帳簿等をよく調べてみましたが借金の記録がありません。しかし主人がなくなる前に三十両の金を貴方様に御支払いしたことが記してありまして、おそらくあれはオタキが記帳したものと考えられます。福屋の主人は堅実な人で人様から金を借りることを商人の恥だと言って嫌っており、貴方様からの借入金も自分の家内にも話さず自分一人で考え処理しようとしていたものと考えられます。それでまことに恐縮では御座いますが借用証が貴方様の御手許へ差し入れられておると思われますので一度拝見させて頂けませんか」と言った。三左衛門は「そら来た」と思いながら文箱から取り出して借用証書を拡げて見せた。使者二人は「うん、これは正しく福屋の印判だ。間違いない。ついては今後担保物件をどの様に御処理なされますか」と言った。「そうだね、なるべく皆様が御協議の上で二百二十両を現金で御返し頂き、担保物件を御返しすることが出来れば一番よいのではないかと思いますが、如何でしょうか」「いや、とんでもない。私等が一生かかってもこんな大金の処理は不可能です。御面倒ですが貴方様の方でしかるべく御処置頂き、福屋の借入金に充当して頂く外ないと考えます」すると三左衛門は深刻な表情で黙って考えていたが「致し方ありませんね。しかし私もこういう商売をしておりますと世間様から三左衛門は福屋へ金を貸して置いて財産を全部取り上げたと思われるのは困ります。それで皆様御親族の方々が御協議の上で担保物件の買上げ願書を連名で出して頂ければ私も行きがかり上それに応じざるを得ません。尚そのとき福屋さんの売掛金や未収金等の帳簿も私の方へ同時に提出して頂きたく思います。福屋さんが御夫婦とも亡くなった現在、どれだけ取れるか判りませんがやってみたいと思います」

使者等二人は「よく判りました。帰りまして協議の上明日夕刻までに御届けに上ります」と言って帰って行った。三左衛門は「フフフうまく行ったな」と言って一人で笑みを洩していた。そうして「内心如夜叉だ。ハハハ」とまた笑った。

翌日の夕方近くになって代表の使者二人が主だった親族五人の連名で物件買取り願書と帳簿を届けて来た。帳簿の中身を調べてみるとかなり古い売掛金や未収金が六十両位残されている。使者等が帰ったあとやみの世界にうごめく流れ星の権次を呼んで「権次、いい儲けをさせてやる。これを取立ててこい。しかし取立てに行ってわしの名前は一切出すな。あくまで福屋に依頼されておったと言うんだ。福屋の実印を押した委任状がある。これももって行け」と言うと権次は「へい、旦那。よく判りました」と行って飛び出して行った。これは今まで三左衛門が時々使って来たやみの世界との繋がりのことであった。

四、五日すると権次は手下二人と共に取立てに走り「金が払えなければ娘を売れ、娘のない奴は女房を売れ、俺が徳島の女郎屋に売り飛してやる」と脅して四十両近い金を回収した。三左衛門は「権次、よくやった。謝礼としてお前に十両をやる。もって行け。その代り今後に於ても俺の名前は一切出すな。今後に於て俺の名前を出したら容赦なくお前には消えてもらうからな」と言って鋭い目でにらみつけた。さすがの権次も三左衛門の鋭い目の光と底知れぬ無気味さに怯え「へい、旦那。よく判っております。このことは一切口外致しません」と言って帰って行った。三左衛門はこれによって巨大な富と力をもち、自分の野望を遂げるために役人に賄賂を送り、籠絡《ろうらく》して地方政治の中で隠然たる影の力を得て行くことになった。

三左衛門を知る人々は高利貸しを始めてから僅か数年で巨大な富と力をもったことに対

して、あれは天和の時代に現れた得体の知れない妖怪だと言って恐れていた。

（七）　怪猫ミイの生態

怪猫ミイの生態

お松は久し振りに実家へ帰り、幼なじみで仲の好かったお豊の家を訪ねた。そうして生まれて間もない可愛い三毛猫を一匹もらって帰った。生後三十日と言っていたが、なんとも可愛くて賢い猫であった。大好物は魚でよく食べるが、不思議なことに大小便を一度も家の中に洩らしたことがない。便意をもよおすと縁側から裏庭の方へ降りて畑の隅にうずくまり、用をたしている。用便を済ますと小さな手で土をかけて汚物を隠弊し、手についた土を辺りの草にこすりつけて落し、急いで家の中へ帰ってくる。空腹になると尻尾を真上に上げて可愛い声でニャーンと啼いて食物をねだる。眠くなるとお松の膝の上に上り喉をグルグルとならして、やがてスヤスヤとねむる。それでも何か変わった音がすると丸い目をあけて耳をそばだて、辺りを注意ぶかく警戒している。お松はこの賢くて可愛い三毛猫をミイと名づけて吾子のように可愛がった。ミイにもお松の心がよく通じているのか、どこへ行ってもつきまとうようになる。

お松はミイの成長過程に於ける行動記録をつける事にした。それで毎日注意ぶかく観察していると不思議な事が判った。ミイは朝食後しばらくすると用便の為に外へ出るが、その時は直ぐに帰ってくる。そうして十時頃になるとまた外へ出る。よくみていると中庭に植えられた梅の木の一番高い所まで登り、塀の外をよく観察している。梅の木から降りてくると今度は塀の上へとび上り、塀の上をぐるぐると歩きまわって塀の外と内側の地形をよく観察している様に思えた。ミイは暫くすると塀の内側は自分の居住区で安全地帯であり、塀の外側は外敵の多い危険な場所であると悟ったようであった。

塀の内側では時折り日向ぼっこをしたり小さな虫を追いかけたりして気楽に過ごしているように見えるが、塀の外へはお松と一緒でなければ絶対に出て行くことがない。

ミイが生後三ヶ月を経た八月中旬のことであった。お松は水井村の知人の家へ用件があって出て行こうとしていた。お松の外出を敏感に悟ったミイは、先に門の出口近くまで来て待っていた。「ミイ、すぐに帰るから御家に居なさいね」と言ったが、ミイはあくまで一緒に行こうとする。仕方なくミイを抱き上げてつれて出た。

知人であるお由の家についてから暫くはおとなしくしていたが、遊び盛りの子猫のことで、外で動く小動物につられて縁の外へ降りてそれを追っていた。しばらくすると犬の鳴き声が聞えてきた。二匹の犬が何かを追ってワンワンと吠えながら走っている。その前を小さな体のミイが背を丸めて一目散ににげて行く。段々になった高い田圃の畦ぎわまで走ってさっととび降りたと思うと、突然ミイの姿が消えてしまった。お松はミイの居た方向へ走って行き、大きな声でよんでみたが影も形も見えない。ミイを追っていた二匹の犬はミイを見失って諦めたのか元来た方へひき返していた。お松は必死になって一時間余りも付近を探しまわったが見当らないので、仕方なくそのまま家に帰った。

夕食後お松は惣兵衛と二人で提灯をもって探しに出た。そうして懸命にミイの名を呼びつづけていた。すると近くにある杉の木の上の方でニャーンというミイの啼き声が聞えた。「ああ、いたいた」と行って尚も呼びつづけていると杉の木の幹を伝ってきてピョンととび降りた。「ミイちゃん」と言うとお松の足元へ走りよりニャーンニャーンと甘え切った啼き声を上げている。「ミイちゃん」と行ってお松が抱き上げ「あんたどこへ行っとったの。大きなワンワンが怖かったのね」と言いながらほほずりをしてやると、さも嬉しそうに目を細め喉を鳴らし始めた。惣兵衛が「しかし賢い猫だなー、生後まだ三ヶ月しか経っていないのに、お前や私の声をちゃんと記憶している。しかも自分はミイだということも知っている。昔から三毛猫は賢いとよく言われているが本当だなー、驚いたよ」と感心している。「そうね、でもミイちゃんは格別なんじゃない。私の実家の方でも六年位前から三毛猫を飼っているが、こんなに賢くないわよ。ミイちゃんは私達二人の守護神として神様から授かったものかも知れないわ」と言って二人で笑った。

それから数ヶ月の時日が流れてミイの誕生日が近づいたある朝のことである。外へ出て遊んでいたミイが突然家の中へとびこんできた。お松が「ミイちゃん、どうしたの。そんなに急いで」と言って振り向くとミイは含みのある声でニャウーと答えた。よくみると雀を一羽咥えている。「あらどうしたの。あんた雀なんか取って可哀そうじゃない。逃して上げなさい」と言うとミイはこれは余りよくない事をしたと思ったのか、雀を咥えたまま外へ出て行った。外へ出て雀を口から放したがもう雀は動かなくなっていた。ミイは折角の獲物と思ったのかお松の隙を見てムシャムシャと食べてしまった。食ってみると仲々好い味である。ミイはその味が忘られないのか度々雀を取って食べるようになった。

惣兵衛は「ミイはよく雀を取ってくるが、あの空をとびまわる素早い雀をどんなにして取るんかなー」と首をかしげていた。ある朝のことである。惣兵衛とお松の寝所へ入って来たミイが、外へ出たいという合図をする。惣兵衛が障子を明けてやると左右を注意ぶかく観察してから危険のない事を確認すると中庭へ降りた。しばらくすると窓際の下の方でチュンチュンと雀の啼き声がする。「あら、こんな近くに雀が啼いているわ」と言ってお松が静かに障子を開けてみたが、どこにも雀の姿はない。不思議に思ってよくみているといると縁の下側でミイがうずくまり、時折り口を動かしている。そうして口が動く度にチュンチュンと雀の啼き声を発しているではないか。お松は驚いて「貴方、ミイちゃんは雀の啼き声を覚えてまねてるわよ。ああ、それで雀を取ってくる理由が判ったわよ。雀の啼き声をまねて雀を安心させ自分の近くへおびきよせて隙をみてつかまえるんだわ。こんな高等戦術、人間でも仲々出来ないわ」「エェッ、そうか。賢い猫とは思っていたが、それは凄いなー。こいつは人間より智能指数が高いかも判らんよ。末恐ろしい猫だなー」と言った。

そんな事があってから更に一年が過ぎた。ミイは体も大きくなり智能も益々発達して、すでに成猫になっていた。

ある晩のことである。犬の吠える声が門の前でしている。そうして凄まじい唸り声が聞えてくる。惣兵衛が、なんだろうと思って外へ出てみると、ミイと大きな犬が対峙して睨み合っている。そのミイの眼はらんらんと輝き背を丸くして、全身の毛を逆立てて大きな犬程にみえる。そうして不思議な事にミイの輝く眼の前は真昼のように明るく犬の姿がくっきりと浮かび上ってみえる。今で言うサーチライトを照らした様な情景である。その光に当てられた犬は身動きが出来ず、悲しげにキャンキャンという啼き声に変わっていた。ミイを取り巻く暗いやみの中には得体の知れない妖気が漂い、言い知れぬ恐怖を覚えた惣兵衛は思わず身震いした。それで「ミイ、ミイ」と大きな声で呼ぶと唸り声が止まり、異様な目の輝きは消えた。射すくめられていた大きな犬はキャンという啼き声を残して一目散に逃げ去った。しかし惣兵衛はこの異様な光景をなぜかお松に語ろうとしなかった。

（八）夫婦愛

お松が惣兵衛の元に嫁いでから数年の歳月が流れていた。お松は飢餓に喘ぐ百姓達を救う為、必死になって努力をしている夫惣兵衛を蔭から一生懸命に支えつづけていた。村人達の為に私財を投じつづける夫惣兵衛の行為は必然的に家の台所を直撃していた。ある程度の財産はあっても内情は苦しく、いつも火の車であった。それでもお松は一言の文句も言わず黙々として家計を切り盛りし、明るく朗らかに振る舞っていた。

貧しい村の子供達を集めて文字や計数の基礎も教えた。食事が充分取れない子供達には度々握り飯を作って与えた。そうしていつも口ぐせの様に「貴方達は次の代を担う立派な人間にならなければならないの。それでどんな事があっても挫けてはいけないのよ。お腹が空いてどうにもならない時は、おばちゃんの所へ来なさいね。なんぼお腹が空いても人様の物に手を出してはいけないのよ」と村の子供達の健全な育成にも力を注いでいた。子供達もよくなついて毎日なん人かは「おばちゃん、腹へったよ」と言ってやってくる。お松は子供達を暖かく迎え、握り飯を作って食べさせた。

子供達の中には「おばちゃん、なにか御手伝いするよ」と奉仕を申し出る子供もあった。お松は嬉しかった。自分達のささやかな思いが子供達に通じている事と幼い子供達の心の中に人間としてのあるべき姿が徐々に萌芽しつつある事への喜びであった。

ある晩秋の日のことである。昼頃から東南の空にかかり始めていた黒雲が夕方になって大きく拡がったと思うと冷たい風と共に大粒の雨が降り出した。暫くすると土砂降りの雨の中をずぶ濡れになって惣兵衛が帰ってきた。晩秋の雨は冷たく惣兵衛は寒さの為、唇はくろく顔は青ざめていた。「お松、今帰ったよ」と言うと「アラまあ雨の中大変だったでしょう。早く着替えないと風邪をひきますよ」お松は惣兵衛の後にまわって着物を脱がし下着をとり代えさせて不断着の上下をもってきて着せかけた。「有難う、昔の独身生活を思い返すと今は極楽だよ」と言ってニッコリと笑った。お松はちょっとはにかみながら「もう外は寒いんじゃない。近頃風邪が流行っているから気をつけんとね」と優しく夫をいたわった。「大丈夫だよ、生まれつき頑丈に出来ているから風邪の方からにげて行くよ」「そうね、でも近頃ずい分無理をなさっているから心配だわ」と言って眉をくもらせた。その憂いを帯びた横顔はなんとも言えない美しさと、そこはかとなく溢れる色気がにじんでいた。惣兵衛はお松の清い心と他人を思いやる優しさに深い感動を覚え、俺には過ぎた女房だとつくづく思い、安心して自分の理想に向ってつき進んでいける喜びと大いなる勇気が腹の底から湧き上ってくるのを覚えた。

二人で揃って奥まった居室へ入ると女中のタミと、書記と雑役を兼ねている雄三が待っていた。「お帰りなさいませ」と二人が深く頭を下げて迎えた。居間の中央部には欅《けやき》の一枚板で作られた大きな食卓があり、食事の用意が整えられていた。しかし半麦飯に味噌汁にたくあんという質素なものであった。惣兵衛とお松が席につくと愛猫のミイが二人の間に割り込む様にしてちょこんと座った。「ミイちゃん、あんたの御飯は台所に用意してあるのよ」とお松が言うと夕ミが「ミイちゃんはもうとっくに済んでいるわ。大好きなイリジャコを美味そうに食べたものね。それでおとなしいわよ」と言って笑った。惣兵衛が「ミイは私も家族の一員よと言うような顔をして威張っているなー、これにも充分心があるんかなー」と感心する。「ミイちゃんは賢いから私達人間が言ったりしたりしていることが皆、判っているみたいよ。余り賢くて怖いくらいよ」と言いながらお松が軽く頭をなでると丸い目を細めてニャーンと一声啼いた。

夕食が済んだ頃、雄三が「旦那様、書類の整理は全部終りました。書斎の机の上に置いてあります。もし不備な点がありましたらおっしゃって下さい」「ああ、有難う。大変だったなー。雄三君の御蔭でずい分助かるよ」「いえいえ、滅相もありません。私に出来ることならなんでも致します。判らん所は奥様に御聞きして教えて頂いておりますので」と言って頭を下げた。

食事が終わり女中タミと後片付けをしてから、お松は前掛けを外して「貴方、村の年貢米購入の為のお金、都合がつきましたの」と心配そうに訊ねた。惣兵衛は顔をくもらせて「うん、種々やっているがまだ目途が立っていない。郡役所との約束の期日も迫っている。どうしたものかのー」と天井を仰いで吐息をついた。お松は夫の苦渋に充ちた表情をみて奥の間に入り自分の長持ちをあけ、中から錦の袋に入った長いものを取り出した。それは嫁ぐときある程度の金と共に父から与えられた仁木家重代の宝、兼光の名刀であった。「貴方、これを売りましょう。これを売れば相当な金が出来るはずよ」惣兵衛は驚いて「それはいかん。それは仁木家重代の宝、そんな事をしたらお父上や仁木家の御先祖に申し訳ない。それは絶対いかんよ」とつよく拒否した。しかしお松はニッコリと笑い、「貴方、なにをおっしゃるの。貴方は仁と愛の心をもって多くの村人達を救う。それが為に自我を没却すると言われましたよね。この崇高な理想を掲げて今まで頑張って来たじゃないですか。私も貴方の高邁な理想に共鳴してどんな苦労があっても厭うものではありません。これからも貴方と共に村の為、及ばずながら力の限り頑張り、貴方の御手伝いをさせて頂くつもりです。村の皆さんをお助けする為なら、たとえ仁木家重代の宝であってもなんも惜しくはありません。また、父や仁木家の先祖も喜んで共鳴してくれると思います。むしろお松、よくやったと誉めてくれると思います。なんの遠慮も要りませんよ。さあ早く早く」と言って惣兵衛を促した。惣兵衛は「お松、お前はー」と言ったきり黙りこんでいたが、ややあって「今回はそうするしか手だてが無いかもしれんのー。しかしのー、今我家の所有する田圃を売る話をしているんだ。その結論が出てからにしよう」と言った。「貴方、それはいけません。農家にとって田圃は命そのものです。田圃を売るのは最後の最後にしましょう。田圃さえあれば我家の生計は元より村の皆さんの為にお役に立つことが必ずあると思います。そうして田圃は大自然の恵みをうけて人の命を育み養って行く未来永劫不変の価値を有する貴重な宝です。刀を売って当面の危機をのり切り、その上で今後のことをゆっくり考えましょう」惣兵衛はお松の深甚な思慮と整然たる論理に驚いて返す言葉もなかった。「うん、よく判ったよ。仁木家へは申し訳ないが今回はそうさしてもらおうか。事は急を要する。そうして田圃も急に売れるかどうか、その保証はない」惣兵衛は意を決して刀を売ることに踏み切った。

惣兵衛は翌朝早く起きて徳島の城下町へと急いだ。町の中心部近くにある大きな刀商の店頭に立って来意を告げると店の主人は胡散臭そうに惣兵衛を見ていたが、惣兵衛の卑しからざる人品を見てとったのか「拝見致しましょう」と言う。惣兵衛が錦の袋から出して主人に手渡すと静かに刀の束に手をかけ抜き放った。一点の曇りもなく磨き上げられた氷の刃をじいっと見つめていたが、見る見る内に主人の表情が変わった。そうして「なんとこれは素晴しい、こんな名刀、この辺りではめったに目にかかる事はありません。この独特の刃の紋様と反り具合から言って初代兼光の名刀と存じますが、確認させて頂いてよろしゅう御座居ますか」と打って変わって丁重な言葉使いに変わった。「どうぞ御随意に」と言うと束の目貫を外し鮮に刻まれた銘を確認して「間違いありません、どうぞこちらへお上り下さい」と言って床の間へ招じ入れた。

床の間には数振りの刀が朱塗りの刀架に飾ってあった。そうして「この刀はいずれも天下に聞えた名刀です。しかし貴方様の刀とは格段の相違があります。とても比較になりません。この様な名刀、どのようにして手に入れられましたか」と聞いた。惣兵衛は仁木伊賀守から伝わる仁木家重代の宝である事とお松が嫁ぐとき宅左衛門からもらいうけた品であり、今回村の百姓達の年貢納付に必要なことをかいつまんで説明した。「ええ、そうですか。それは随分と御奇特なことですね。よく判りました。そう言う御事情でございますならどうぞ必要なだけお金を御使い下さい。利息は一切要りません。但しこの刀は担保として預からせて頂きます。期限は二年でも三年でも構いません。そうしてどうしても御都合がつかぬ場合は改めて御相談の上で高価でもって買取らせて頂きます」惣兵衛は驚いて「それはいけません。そんな事をして頂いては申し訳ありませんので、しかるべき価格で」と言う。刀屋の主人は「いやいや、その心配は不要です。私にも一生に一度の心に残る善行をさせてくださいい。現代の様なせち辛くて暗い全く先の見えない時代に自らを顧みず衆生の為に生きようとする貴方様御夫妻の存在は実に貴重なものです。御高志の程を承り、この善太左衛門心から感じ入りました。どうぞ御遠慮なさらず必要な額を言って下さい」と言う。惣兵衛は心から恐縮しながら「それでは御厚志にあまえまして」と必要最小限の額を申し出ると主人は笑いながら更にその上に増額して「どうぞ百姓さん達の為に御使い下さい」と言って渡してくれた。惣兵衛は主人の温かい心に触れて涙を流して喜び「これで百姓衆を救うことが出来る。御厚志の数々、この惣兵衛生涯決して忘却は致しません。御あずけ致しました品は必ず現金を用意して引き取らせて頂きます」と心から厚く礼をのべて刀屋の家を出た。秋の夕陽を浴びて輝く田圃道を歩きながらしみじみと思うのである。

お松という女は深い学識もあり、機智に富んだ我が妻ながら実に素晴しい女性であると常々思ってきた。しかしこれ程までにつよい信念をもった気丈な女とは思わなかった。村人達を思う深い慈悲の心は自分をはるかに凌駕する。清く正しく真実一路に生きる姿は神の心にも近い。特にお松は社会の悪を憎み正義を愛する心がつよい。そうした話になると目の輝きが違う。言葉の端々ににじむ社会正義への情熱は静かな言動の中にも全身に漲っているように思う。流石に仁木伊賀守の血を引く女性であるという思いを殊更につよく感じる惣兵衛であった。

その夜も更けてから家に帰りつくとお松は首を長くして待っていた。「貴方、お帰りなさい。さぞかしお疲れになったでしょう。御食事の用意も出来ております」と言って笑顔で出迎えた。お松はすでに物事の成果に自信をもっているのか刀のことは一切触れなかった。「お松、御蔭で上々の首尾だったよ。刀屋の主人に予期せぬ格別の御厚意を頂いて金は出来た。刀も売らずに済むかも判らん。有難いことじゃ」と惣兵衛は今日の出来事を詳しく話した。「ようございましたね、早速明日から年貢米の買入れをして村の皆さんに御安心をして頂かなくてはなりませんね」と言ってニッコリと微笑んだ。「うん、それにしてもお前の村人達を思う一途な心にはこの惣兵衛心から感じ入った。改めて厚く御礼を言わしてもらうよ。お前の清い心は神の心にも近い。それに比べて私の考え方等は薄っぺらで恥ずかしい次第だ」とお松の前にふかく頭を垂れた。「貴方、なにをおっしゃるの。なるほど私の心の中にも娘時代から社会の悪をにくみ正義を愛する心や生活に困っている人々になんとか救いの手を差しのべて上げたいという思いはあったの。それは遺伝的に先祖からの伝承による潜在的意識かも知れません。しかしそれは実践による効果として顕現されるものではなく、年頃の娘が抱く感傷にしか過ぎなかったのです。それが貴方と御逢いし、貴方の元に嫁いでから貴方が村人達に対してもつ仁と愛の精神に感動し更に誘発されて最近、ようやくその思いが型を整えて来つつあると思えるようになったの。それでもまだまだ私なんか未熟で、貴方なくして私の思いが花開き実を結ぶこと等あり得ないわよ。どこまでも私は貴方の後について行くつもりよ。二人で手を携えて大いなる目的の為に身命を堵して頑張りましょう」と言って真白い歯を見せて笑った。惣兵衛は庄屋五人組の仲間とも相談して翌日から米作地帯である多家良や富岡方面へ出向き、年貢米の買付けに着手した。そうして年末近くになってどうにか年貢の納入を無事に完了したのであった。

#（九）お松の活躍

旧暦二月一日の朝のことである。厳しい寒さも消えて南国阿波の山野は一足早い春を迎えていた。那賀川の水面にうすい朝靄が立ちこめ、小鳥の囀りがどこからともなく聞えてくる。庭の片隅に植えられた梅の古木にチラホラと可憐な花が開き、鴬の啼き声が聞かれる日も近い。惣兵衛は久し振りに長閑な一時を過ごしていた。

昨年の大洪水による水害で悲惨な状態に陥った村の百姓達の生活実態とその対応の為、余りにも慌ただしく息詰る様な思いで過ごした数ヶ月の時日を静かに振り返っていた。あのままであったら俺も村の百姓衆と共に破滅の渕へ真逆さまに落ちこんでいたかも判らぬなー、常々覚悟をきめている事とは言え、考えて見れば恐ろしいことである。しかしお松の気転と決断によって村の衆も救われ、自分も最悪の事態を回避することが出来た。それにしてもお松の英智と他人を思いやる優しさは普通ではない。清くて正しく純粋な心情は神に通ずるものであるとしか言い様がない。惣兵衛はお松の優しさ美しさと共に社会の悪を許さぬ烈しさは到底自分の力の遠く及ぶ所ではない。これは武家の血をひく遺伝的性格に由来するものではなかろうか。そう言えば仁木伊賀守も戦国乱世の時代にあっても正義を愛し悪を許さぬ厳しさがあり、領民に対しては破格の仁政を敷いていたとも言われている。

お松も前面に立ちはだかる社会悪に対しては己の身命を賭けて闘う強固な意志と力が内在している様に思われる。惣兵衛は様々な思いに耽って炉端でゆっくりと休んでいた。すると「貴方、昨年から今年にかけて村の多くの人々が亡くなったわね。その死因を詳らかに分析してみますと飢餓からくる栄養失調が一番多いのです。それも幼い子供が尊い命を落しています。二番目には医薬の不足、医薬が充分であれば救われた命もずい分あると思いますよ。これからは村の皆さんの健康管理にも充分気を配って行くべきではないでしょうか」「うん、そうだなー。俺も前々からそれは考えていたんだが、今まで余りにも忙しくてそんな大事なことに手がまわらなかったが、なんとか対策を考えなくてはならんな」「貴方、これは庄屋という職責から考えて些かもないがしろに出来ない喫緊の課題ですよ。早速手を打たなくてはなりませんね。私ね、この間実家に帰ったとき父の蔵書の中から有名な医師が著した医学書を発見して父から借りて来たの。いろいろと参考になるわ。とくに出産時の助産の為の必携書というのがあったわ。今それを一生懸命よんでいるわ。これを充分勉強して出産時の役に立ちたいと思っているのよ」「エエ、それは凄いなー。村人達を思うお前の真心は大したものだ。俺はとても敵わんよ。完全にかぶとを脱いだよ。加茂村の庄屋はお前の方がよいのかも判らんなー」と言って笑った。「貴方、なにをおっしゃるの。私は貴方が村人の皆さんを救わんとする仁と愛の真情に心を打たれて貴方の御手伝いをさせてもらうつもりで嫁いできたのよ。あくまで貴方が主役で私はお手伝いよ。それでもそのお手伝いは及ばずながら真剣そのものよ」「うん、よく判っている。真剣な御手伝いであるお前のお蔭で、ずい分たすかっている。心からお礼を言わしてもらうよ。これからも村人達の為、一生懸命頑張るつもりだ。しかしお前の素晴らしい智力と援助なくして物事の成就はあり得ない。よろしく頼むよ」と言ってお松の手を握った。

惣兵衛とお松が向かい合って座りいろいろと話し合っていると縁側の戸を叩く音がした。お松が「あらミイちゃんよ」と言って立ち上り、縁側の戸を開けるとミイがニャーンと一声啼いて入ってきた。「ミイちゃん、どこへ行っとったの」と言うと長い尻尾を真上に上げてお松の足元にすりよりニャーンと甘えた声でまた啼いた。お松が元の座につくとミイはお松の膝の上に上りグルグルと喉を鳴らして目を細め、さも満足だと言わんばかりの表情をしている。惣兵衛が「この猫は本当に賢いなー、なんでも自分の要求を完全な形で人間に伝えている。人間の意志も充分把握し理解していて、よく考えながら行動しているように思うなー。お前が前に言っていたように、ひょっとすると神から遣わされた我家の守護神かも知れんぞ」と言ってお松の膝から取り上げ、自分の膝の上にのっけると抱かれ具合がよくないのかすぐに降りようとしてもがく、それでも惣兵衛がしっかりつかまえていると、まあ、御主人様だ。いやだけど仕方がないやと言った諦めの表情で静かになった。

「ああ、そう言えば私ね、一昨日の夜に不思議な夢をみたのよ。貴方と二人で連れ立って歩いていると大きな河の畔へ出たの。その河は流れが早くて渡る事が出来ずに立ち往生していると、ミイちゃんが川の畔の大きな岩の上にとび上り大空へ向かってニャーンと一声鳴くの。するとミイちゃんの尻尾がグングン長くなって、川の向岸まで届いて大きな橋になったの。私達はその橋の上を渡って対岸まで辿りついたの。そこではっと目がさめてよくみると貴方と私の間にミイちゃんがいつの間にか入ってねているのよ。私はなんと不思議な夢だなと思ったの。それで貴方が先程言われた通りミイちゃんは私達の守護神かも判らぬわね」と言い二人で顔を見合せて笑った。そうしてお松は静かに立ち上ると書棚へ手を伸ばして一冊の本を取り出し「貴方、この本には日常に於ける健康管理の事とか薬草の記述があってね、人間は病気になっても自分の力で自然に治す自然治癒力があると書かれているわ。しかしより早く確実に治す為には、適切な方法で病気に合った薬草を使うことが必要だと記述されているの。それでもっともっとよく研究して我家で栽培してみてはどうかと思うわ。そうすれば村の皆さんにいつも健やかに幸せに長生きしてもらえるんじゃないかしら」と言った。「うん、それは素晴しいよい考えだ。すまんがもっともっとよく本を読んで研究しておいておくれ」二人の間にそんな会話が交わされてから、お松は村の誰かが出産すると聞くとすぐに駆けつけて助産の役を引きうけ、育児についても必要な事を説いてまわった。それで村の女性達からは常に尊敬され信頼されて、加茂村のお母さんと言って慕われるようになった。

（十）惣兵衛病に侵される

天和元年六月半のことである。加茂村の庄屋惣兵衛は沈鬱な表情で家を出た。大竜寺の山頂に容赦なく降り注ぐ雨は、濁流となって那賀川の支流加茂川へと注ぎ、渦を巻いて滔々《とうとう》と流れている。本流と合流する地点は本流の水の勢いに押されて加茂川の水勢が鈍り、付近の田圃に溢れて植え付けられたばかりの稲は、水の底に沈んだままである。去年も一昨年も水害による不作で村の百姓衆は困窮し、年貢の納付も出来ず日々の生活さえも立ち行かない飢餓状態に陥っていた。

封建的な権力統治の時代に於ける圧政と貧しい農民達の間に立って庄屋惣兵衛は日々苦悩の連続であり、百姓衆を救う為、私財の田地五反歩を担保に金貸し野上三左衛門より金子を借用した。その返済期限は年末に迫っており、これはなんとしても返さなければならない。しかし今年もこの様な状態では村の衆はとてもその算段はつくまい。私財を処分してでも金を作らなければならぬ。責任感のつよい惣兵衛は若い頃からの友人である野上三左衛門に迷惑をかけまいと奔走して返済資金の目途はつけていた。しかし今年もこのような不順な天候がつづけば百姓衆の生活はどうなることやら、皆目見当もつかない。

今日は病気と貧困で苦しんでいる作蔵の容態を見てこようと思い、五升ばかりの米を袋に入れて家を出たのである。作蔵のことは常々気にかかっているが、返済資金の調達やら雑事に忙殺されて暫く出向いていない。西南の空に聳える捨心山大竜寺を仰ぐと、降りつづく雨にかすんでその山容がぼんやりと浮んでみえる。川縁にある柳の老木が押しよせる濁流にまかれて大きく揺らぎ、必死に堪えている様に思われた。その老木に鴉が一羽翼を休めてしがみついている。やせこけた二匹の野良犬が食物を探してうろついているが、その足取りに元気がなく、びしょ濡れになったうつろな瞳を大空に向けて一声啼いた。犬や猫も鴉や人間も降りつづく雨に堪えかねて、悲痛な怨嗟の叫びを上げている。

水井村へ通ずる唯一の交通路も洪水によって橋が流され遮断されたままであり、何事があっても連絡を取り合うことも出来ない。

惣兵衛は村人達の生活に対するふかい憂いを抱え、更に返済資金調達の為の無理が重なって最近体調を崩しており、時折り悪寒が全身を襲うことがある。今日も体がだるく億劫であるが、作蔵のことが気がかりで蓑笠を着て裏側の山道を歩いてきた。強い風雨が横なぐりに降って惣兵衛の傷んだ体に容赦なく吹きつける。体調の悪い惣兵衛には耐え難い苦痛である。しかし村人達の貧困と苦労を思うとじっとしている訳にはいかない。惣兵衛は体に鞭を打ってやっと作蔵の家に辿りついた。

作蔵の家は表戸が暗く閉ざされており茅葺きの屋根が所々いたんでいる様だが、補修も出来て居らない。入口に立って声をかけると女房のオタマが顔を出した。三十五才というのに顔色はすぐれず痩せてほほ骨が突き出ている。つぎはぎだらけの着物はうすぐろく汚れている。惣兵衛が「タマちゃん、作蔵さんの容態はどうじゃのー。いつも気になりながら近頃なにかと忙しくて御無沙汰ばかりで申し訳ないのー」と言う。オタマは自分の惨めな姿にはじらいを見せながら「アラ庄屋さん、こんな大雨の中をわざわざ来て下さったの。えらいすみませんのー。いつもいつも庄屋さんにはお世話になるばかりで何の御恩返しも出来ておらんのにまた主人のことで来て下さったの。本当にすみませんのー」と消え入る様な声で恐縮している。「なんの、なんの。心配することはないよ。実は米を少しばかり持って来たのじゃ」と言って米袋を差出した。オタマはその時、目を輝かせて「庄屋さん、す・み・ま・せん」と絶句して涙ぐみ「これで助かったわ」と言い、「汚い所ですけどお上りになって下さい。主人も今起きて参ります。お父ちゃん、お父ちゃん、庄屋さんが来て下さったわよ」と大きな声を出した。奥の間で寝ていた作蔵が「ゴホン、ゴホン」と咳払いをしながら起きてくるのが見えた。「起きて来なくてもいいよ。無理をしなさるな」と言って囲炉裏のある間へ上ろうとすると所々に手桶が置いてあり、その中へ屋根裏からポトリポトリと雨漏りがしている。惣兵衛は案の定だと思い、深い憂愁の念がこみ上げてくる。オタマが「庄屋さんからお米をたくさん頂いたのよ」と報告すると、やせこけて眼窩が大きくへこんだ目に涙をうかべ「庄屋さん、本当に済まんことです。もう家には米が一粒もなくて三日位前から、じゃが芋ばかり食いよったけに体に力がなくてのー。かかあまでへたり込む所じゃった。庄屋さんにはなんと言って御礼を言うたらええやら」と言うと鼻汁をすすり上げて堪えていたが、声を上げて泣きじゃくった。そうして「庄屋さん、貴方は命の恩人じゃ。貴方は神様じゃ。去年も我々村の衆の為に大きな借金をして苦しんで居られるというのに、俺達のような者にまでこんなにして頂いて本当に申し訳ない」と言うと女房のオタマと二人で声を上げて泣き出した。惣兵衛は「作蔵さん、そんなに大袈裟に言わんでおくれ。人間誰でも困った時はお互いじゃさかいのー。人間はのー、神様から尊い命を授かり、それぞれが生かされているのじゃ。武士も町人も百姓も皆同じでのー、健やかに幸せに生きる権利も与えられているのじゃ。しかしのー健やかに幸せに生きる為には人間それぞれが一生懸命努力をせにゃならん。苦しいこと悲しいことがあっても悲観したらあかん。明日に向かって夢と希望をもって力強く生きることが肝要じゃ。作蔵さんものー、体の養生につとめて早う元の元気な体になっておくれ。人間の命はなんにもまして尊いのじゃ。その尊い命を粗末にしたら神様から罰をうけるでのー。さあ元気を出して、オタマちゃん早いとこ作蔵さんにおかゆでも作って上げておくれ」オタマは溢れ出てくる涙を拭いながら米袋を押し頂き、台所に立って粥を作り始めた。

惣兵衛は「作蔵さん、大分雨漏りがしているようじゃが、一寸小降りになったら誰かに手伝ってもらって屋根の修理をしような」と言った。「庄屋さん、そんな心配なさらんでおくれ。俺、体がよくなったら直すけに。補修用の茅も去年の冬にとって納屋の中に入れとるんじゃ。もうすぐ体もよくなると思うけに」と言ってまた涙を流した。惣兵衛は「作蔵さん、くれぐれも無理をせんようにのー。体を大切にせにゃあかんよ。今日はこれで帰るからのー。タマちゃん、せいぜい作蔵さんの看病をしてやりなよ」と言って立ち上った。オタマは涙を拭きながら頭をコクリと下げたが、しばらく言葉が出なかった。ようやく「有難うございます」と言ったが、その声はかぼそく震えているようであった。

惣兵衛は前々から気に懸かっていた作蔵に逢って、やっと安堵の胸をなでおろした。あれで元気になってくれればこれに越したことはない。しかし人間の社会とは不思議なもので、こんな小さな村の中でも様々な人間模様があり、泣いたり笑ったり喜んだり悲しんだり、人それぞれの思いと哀歓がある。そしてそれが即ち人間が現世に存在するということの証しでもあり価値なのかも知れない。惣兵衛はそうした思いを胸に、降りしきる雨の中を我家へと引き返した。

我家の門をくぐり蓑笠を脱いで納屋の入口の竿にかけて室内に入り、濡れた衣裳を着替えているとお松が台所から出てきて「アラおかえりなさい」そうして「作蔵さんの容態はどんなでした」と心配そうに訊ねた。「かなり調子は悪いようで、ずい分痩せていたよ。それでも彼にはまだまだ若さがある。栄養を充分取れば必ずよくなると思う」と言って微笑んだ。しかし惣兵衛はその夜から高い熱が出て床につき、再び立ち上る事が出来なくなってしまうのである。

（十一）庄屋惣兵衛の死

降りつづいていた夏の雨もようやく上った。墓の掃除やら先祖祭りのお盆行事も終ってホッと一息ついたお松は厳しい暑さの中にあっても時折り吹き抜けて通る川風に初秋の訪れを覚えた。光陰は矢の如しと言われるが月日の流れるのは実に早い。春草の夢に浸り散り行く花、去り逝く春への格別の思いをよせたのも、ついこの間の様に思われるが、万物はすべて秋気をはらみ、季節は大きく変わろうとしている。これは万物流転の法則によって動く自然界の定めであろう。人間界にも生があって死がある。しかもそれは何人といえども避けて通る事の出来ない必然的な宿命でもある。

お松の美しいがややややつれた顔に憂愁のしわが一筋薄くきざまれていた。それはここ二ヶ月位前から過労によって倒れ、病床にある夫惣兵衛の病状への憂いであった。お松は惣兵衛が床についてから二ヶ月程必死になって看病につとめてきた。最初は高熱があった為、夜もねずに冷やしつづけた。富岡や徳島からも練達の名医も招き、充分診察もしてもらった。父から借りてきた医学書もよく読んで数々の薬草も煎じて呑ませた。その甲斐あって当初つづいていた高熱は下った。しかし食欲が出ず粥食以外に殆どものを食べない。体重も落ちてあの溌剌たる惣兵衛の面影はなく痩せ細ったままである。顔面は蒼白で体全体に生気がない。夜中になん回も起きていて、よく眠れないでいる。これで体がもつのであろうか。

回復するとしても相当の長期療養が必要であろう。お松はなんとしても夫を助けたい。自分が現世で初めて逢って心を許し偕老同穴を誓った仲である。夫の存在があって自分がある。このまま夫が死ぬ様な事があれば自分も生きている意義も価値もなくなってしまう。万一生き残ったとしてもそれは魂のぬけた型骸と化すであろう。その様に考えると、なんとしても惣兵衛を死なせる訳にはいかない。そうして夫が死ねば貧困と飢餓に苦しむ村人達を誰が救ってくれようか。

厳しい現実の中にあっても、惣兵衛の存在が多くの村人達の危機を救ってきている。去年の水害による不作で年貢の納められない百姓達の為に、高利貸し野上三左衛門へ五反歩の田地を担保に入れて金を借り、米を買い入れて去年もどうにか完納している。しかし本年も水害による凶作である。そんな時に惣兵衛がこんな状態では如何ともなし難い。お松は惣兵衛の重い病気のことやら飢餓に喘ぐ村の百姓達の生活のこと、更に自分が置かれている境遇の事等を様々に考え、思いなやんでいると言い知れぬ不安と焦燥感に襲われることがある。それでも三左衛門から借りた金は惣兵衛の必死の努力によって用意されており、村の人々にも安心してもらえるし自分の心の憂いもいく分薄らぐのを覚えていた。村人達も惣兵衛の病状を案じて日々多くの人々が見舞いに来てくれる。過日も村人達全員が大竜寺へ登り、惣兵衛の病気平癒祈願をしてくれている。それは惣兵衛の今までの功績と人柄を偲ばせるものでもあるが、心優しい村人達の厚意であると心の中で手を合せていた。

ままにならぬが浮世の常とは言え、水害による不作がつづいたり精魂こめて作り上げ収穫真近になった稲が一夜の内に台風によって根底から失われてしまうことも珍しくない。また、あれ程頑健であった夫の惣兵衛が重い病の床に伏したまま起き上る事が出来ない。お松もせめて一人でよい、惣兵衛との愛の結晶である子供が欲しいと願ってきたが、それも叶えられていない。お松は少女時代から様々な有名著書へもなじみ、長い人間史の中でくり拡げられてきた人間生活の悲喜交々の実態についてもかなりの部分は理解出来て居り、現世で起り得る諸々の問題についてはそれなりの対応能力も備えている。しかし夫惣兵衛の重い病は他の事象と同一に冷静に観る事の出来ない心の乱れがある。夫の苦痛に歪む表情を見ていると胸の辺りがキリキリと痛む。代われるものなら代わってやりたいと思う。「神様仏様、どうか夫の命をおたすけ下さい」お松は日夜必死になって祈りつづけていた。しかしお松の必死の願いと手厚い看病にもかかわらず、惣兵衛の病状は一進一退をくり返し稲の穫入れが終る頃にはふとんの上に起き上ることさえままならぬ程悪化していた。

台所の小窓を開けると寒い北風が容赦なく吹きこんでくる。晴れ上った紺碧の大空を白雲がゆっくりと流れて行く。にわの柿の木に真紅に熟した富有柿《ふゆう》がただ一つ残って居り、二羽のひよどりが来て代わる代わるついばんでいるのが見える。もう霜月も終りに近い。そう言えば今年も残り少なくなっている。お松が様々な思いに耽りながら薬草を煎じていると、玄関に人の訪う声がした。女中のタミが玄関へ出て応待している様子であった。しばらくすると「奥様、三左衛門様ですよ。旦那様の御見舞いに来て下さったようですよ」と言って入って来た。「そう、じゃあー。お通ししておいて」と言ってからお松は美しい眉をくもらせた。なんだか余り歓迎したくない客人であるという思いが脳裏をよぎった。別室へ通された三左衛門の所へ出て「野上様、本日はまたお忙しい中わざわざお見舞いを頂きまして誠に有難うございます」と丁重に挨拶をした。「いやいや、大変御見舞いがおそくなり申し訳なく思っております。私もなにかと忙しくてね」そうして「惣兵衛さんの御容態は如何ですか」「ありがとうございます。まあなんとか小康を保っております」と内心の乱れを取り繕った返事をする。「それでは御構いなかったら、ぜひ御逢いして御見舞いを申し上げたいと思いますが」「はい、それでは少々お待ち下さいませ。主人に伺って参ります」お松は惣兵衛の所へ行き「貴方、野上様がお見舞いに来て下さったの。そうしてどうしても一度じかにお話しをしたい御様子ですが如何致しましょうか」と訊ねた。「ああ、そうか。

じゃあ一寸起してくれ」と言う。お松が背に両手を当てて起き上るのを助けると、ふとんの上に座り、ここへ御通ししてくれと喘ぐ様に言った。お松は「野上様、どうぞお入り下さい。主人もぜひ御逢いしたいそうでございますので」と言って病室へ招じ入れた。三左衛門は神妙な態度で室内へ入り惣兵衛の近くへすわると「惣兵衛さん御容態は如何ですか。日頃からとてもお元気な方ですから直ぐによくなられると楽観しておりまして、それが為におそくなり申し訳ありません」と見舞いの口上を述べた。惣兵衛は苦しい息の中から「有難うございます。大分よくなりましたが、まだこんな調子で御見苦しい所を御目にかけ恐縮に存じます。しかしいろいろと充分な医療を施しておりますので、やがて好くなると思います。つきましては拝借致して居りますお金を用意して居りますので、お持ち帰り下さい。ただ今御返しさせて頂きます。お松、野上さんへお金をお払いして」と声をかけた。お松は書棚の中の文箱から、かねて用意していた金を取り出し三左衛門に渡した。そうして「長い間、まことに有難うございました。どうぞ御改めになって下さいませ」と深々と頭を下げた。三左衛門は相好を崩して満面に笑みを湛え「惣兵衛さん、貴方は重い病気じゃというに、えらい几帳面なお人じゃのー。しかも期日までにまだ一ヶ月余りもあるが」と言いながら金子を丹念に数えて懐にしまいこみ「金子はたしかに受領しました。今日は証文を持ち合せておりませんが、明日にでも必ずお届けに上ります」と言う。惣兵衛は「そうして下さって結構です」と答えた。しかしそれが惣兵衛の死後、歴史に残る重大事件に発展して行くとは夢想だにしない惣兵衛であった。

三左衛門は甲斐甲斐しく夫の看病に当り優しくつきそうお松の横顔をじっと見つめていた。看病のつかれが出たのか若干やつれてみえるが、あの静かで品のある立ち居振舞いと色が白く整った目鼻立ち、理智的な瞳は流石に武家の末孫だけに普通の女とは出来が違うと思いムラムラと黒い炎をもえ上らせていた。ややあって三左衛門は「それでは私はこれで失礼します。くれぐれもお大事になさって下さい」と言って立ち上った。

お松は「お忙しい所遠路わざわざの御見舞いまことにありがとうございました」と厚く礼を述べて門口まで三左衛門を見送った。そうして「証文の件につきましてはわざわざ来て頂くのは痛み入りますので、明日雄三さんに取りに行かせます」と言うと、三左衛門は「いや、よく考えてみますと明日から二日ばかり私が不在になりますので、明々後日の午後私が必ず持って参ります。この三左衛門、言った事は必ず守る性格ですから、奥様には何卒御安心なさって下さい。それではこれで」と言って玄関を出て行った。しかしお松は三左衛門の丁重な言葉のうらに何か隠された底意がある様に思えてならなかった。そうして三左衛門の夫を見る眼と言動の一つ一つに、なにか高利貸し独特の異臭が漂っている。言うなれば慇懃無礼な一面がにじみ出ている様に思われ極めて不愉快な気分になっていた。

　惣兵衛の寝所へ戻ってくると「三左衛門さんは帰ったか」と惣兵衛が細い声で訊ねた。「はい、帰られました。しかし証文を返してもらわぬまま金を渡して大丈夫ですか」と不安そうに言う。「大丈夫だよ。彼は若い頃からの私の友人だ。心配はいらん。それでも金を早く用意しておいて好かったなー」と言ってかすかにほほえんだ。「そうですね。これで安心して早く元気になってもらいたいわ」お松はすがる様な思いでかぼそく呟いた。そのとき惣兵衛は自分の言葉とはうらはらに証文をもらわぬまま金を渡してしまった事に一抹の不安を覚えていた。三左衛門は玄関を出て暫く歩くと「フフフ」と意味ありげな笑みをもらした。そうして「もう長くはないな。金は全額回収したし言うことはない。可哀想だがお松さんも若くして後家になる。とてもあの若さで一人身では過ごせまい。惣兵衛の死後に於てこの証文を使えば、お松を自分の意のままに操ることが出来る」三左衛門の黒い欲念は渦を巻いて湧き上り、はてしないみだらな想念が大きく拡がり始めていた。

　それから三日目の夜を迎えたが三左衛門からはなんの便りもない。惣兵衛とお松は共通した不安を抱えながらも黙ってその夜を過ごした。翌日の昼頃になって惣兵衛が「三左衛門さんからなにか便りはあったか」と訊ねた。「なんの便りもありません。しかしお忙しい方ですから何か御都合があったんじゃないでしょうか。御心配は要りませんよ」夫に無用な心配をかけまいと明るく笑いながら答えた。「うん、そうじゃなー」と言ったものの二人の間には言い知れぬ不安の念がもち上っていた。

その後、数日が経過したが三左衛門からは音も沙汰もない。病床にある惣兵衛はその頃から毎日の様に三左衛門からの便りを聞くようになり、相当苛立っているのがよくわかる。惣兵衛は深夜に目がさめると不安と悔恨の念がこみ上げてくる。そうしてジットリと脂汗がにじみ、心臓の鼓動が激しく高鳴るのを覚える。たまりかねた惣兵衛は「三左衛門さんに逢って借用書をもらってくる様に」と言った。お松は早速用意をして三左衛門宅を訪ねた。玄関に立ち声をかけると、若い女中が出て来た。お松が来意を告げ「御主人様はいらっしゃいますか」と言うと「暫くお待ち下さい」と言って室内へ入り、やがて引き返してくると「旦那様は留守でございます」と言う。お松はその場の状況からして奇異な思いが脳裏をよぎった。しかしお松は更にそれを詮索することをさけた。それは、お松の生い立ちからくる智性と教養によって身につけた他人に対する礼儀そのものからであった。お松は口惜しい思いと怒りの念を抑えながらいそいで帰り惣兵衛にその旨を告げた。惣兵衛は「そうか御苦労さん」と言ったきり黙って考えこんでいるようであった。お松は夫の心の中が痛い程よく判る。それで翌朝早く起きて夫のことを女中のタミに託して再度三左衛門の宅を訪ねたがやはり女中は留守だと言う。お松はしばらく黙って考えていた。そうしてこんなに早く出て行くはずがない。家の中に居る事は間違ない。腰を据えて暫く待とうとも考えた。しかし重病の夫の事が気にかかり致し方なく「それではまた参りますのでその事を御主人様に御伝え下さいませ」と言って三左衛門宅を辞した。

季節は丁度師走も半ばに差しかかっており、吹く風は身を切るように冷たい。山際の道は大きな霜柱が立って踏んで歩くとサクサクと音を立てて崩れて行く。足袋を履いて草履をつっかけて来ているが、足の先が千切れるように痛い。やっと加茂村まで帰り田圃道を歩いていると道端に白い煙が立ち登っており、四、五人の村人達が焚火を囲んで大声で話し合っていた。そうしてお松の姿を見かけると「ああ、庄屋さんの奥さんだ。この寒いのに朝早くからどこへ行っとったんかのー」と不思議そうにながめていた。お松が近づくと「奥さん、お早うございます。こんなに早くから何処へ御出掛けでしたの」と年長の弥一が訊ねた。「お早うございます。皆さん、お早いですね」と言い「私は吉井村まで行っとったんよ」と答えた。弥一は「ああ、野上三左衛門の所ですか。あの強つく張りの野郎はとんでもない食わせ者ですよ。奥さん、油断してはいけませんよ。なんでも度々老人を騙して大きな財産を根こそぎ取り上げているという噂ですよ」「ええ、そうですか。それはいけませんね」

もうこの頃になると三左衛門が福屋の財産全部を僅かな貸金で取り上げた事や、その他でも度々この手を使って悪事を重ねている事が社会全般に知れ渡りつつあったのである。お松はその話を聞いて言い知れぬ不安の念がわき上ってくるのを覚えた。焚火に手を差しのべて暖を取っていたが「それでは皆さん、これで失礼します」と言って皆に挨拶をすると我家へと急いだ。

お松が帰ってみると惣兵衛は苦しそうに喘いでいた。それですぐに台所へ入り薬草を煎じて惣兵衛にのませた。暫くして惣兵衛が落ちついてくると「私ね、貴方が眠っている間に三左衛門さんの所へ行って来たのよ。しかし女の私では埒が明きそうでないし、留守中の貴方の事が心配ですから今度は雄三さんに行ってもらいましょう」と言うと「うん、そうするか」と不安そうに頷いた。それで早速雄三を呼んで三左衛門の所へ走らせた。雄三は家の中へ入らず三左衛門が出てくるのを待つことにした。しばらく塀の外で待っていると三左衛門がゆっくりと出てきた。雄三は「三左衛門さん、どこへ御出かけですか」といきなり切り出した。三左衛門は突然のことで一瞬驚いた様子であった。雄三は間を置かずたたみかける様に「惣兵衛の使者として借用証を頂きに参りました。御渡し願えますか」とはっきりと言った。三左衛門はしばらく返答をためらい明らかに狼狽の色が伺われた。そう思ったとき「お返し致しましょう。但し、貸し金を全部御支払い下さい」と平然と言ってのけた。雄三はひるまずに「お金は一ヶ月も早く全部お返ししたじゃありませんか。二回も払えませんよ」三左衛門は雄三の見幕にたじろぎをみせ黙って考えていたが「金はもろとらん。金をもらっとらんから借用証が私の手元にあるんだ」と強弁した。「三左衛門さん、貴方はなんと強欲で卑劣な方ですね。貴方は内の旦那とは若い頃からの親友でしょう。その親友が明日をも知れぬ重い病気の床にあるというのに、よくも平気でそんな事が言えますね」と詰めよった。三左衛門は急に踵を返すと門内へ入り門をしめて中から鍵をかけ、「金はもろとらん、もろとらん」と大声で叫んだ。雄三も余りの事に激昂して「金は返した。二回も金が払えるか。そんな不正と非道が通ってたまるか。早う証文を返せ」とやり返した。しかし門の中へ逃げこんだ三左衛門は何時間待っても一向に出て来ない。やる方ない憤懣を覚えながらも雄三は致し方なく帰り、惣兵衛に一部始終を報告した。惣兵衛はそれを聞くと「エエ」と言って絶句し、急に「胸が苦しい」と言って七転八倒ののた打ちまわる状態に陥った。

お松は雄三を富岡へ走らせ、かかりつけの医師を迎えた。医師良善は駕籠を仕立ててかけつけ応急の処置が行われた。それによって一応小康を保つことが出来た。しかし証文が返らぬ事を気に病んで憂愁の日々を送る事になり、それが為に病状は益々悪化して、遂に天和元年十二月二十八日四十六才を一期として惣兵衛は帰らぬ人となった。

生者必滅諸行無常は浮世の常人間の死生に関しては、あらゆる書物や仏教の教義の中で充分理解していたつもりのお松であるが、夫の死がこれ程までに大きく衝撃的であるとは思いもしなかった。頭の中にあいた大きな空洞はなにをもってしても埋め難い傷口として残り、余りにもひどい野上三左衛門の仕打ちに激しい怒りと憎悪の念がもえ上ってくるのを覚えた。夫惣兵衛の死は三左衛門の非道な行為によって早められた。言うなれば間接的な殺人の行為者である。こんな悪業を許しておく訳にはいかない。尚過日弥一が言っていた話が真実だとすれば、社会的弱者を食物にして生きる極悪人と断ぜざるを得ない。お松は深い悲しみと滴り落ちる涙に咽びながら、どうにかつつがなく夫惣兵衛の葬儀を済ませた。

清光院雲岸休伯禅定門
　庄屋、西惣兵衛

夫の新しい法名を心の中にふかく刻んだお松は、自らの力によって証文を取り返す事を夫の墓前に固く誓った。

（十二）お松敢然と立つ

白い春霞が山野に充ちて捨心山大竜寺の山容がぼんやりと浮んで見える。快い春のそよ風にのって美しい鴬の啼き声が遠く近くの山々から聞えてくる。天和二年三月弥生の春を迎えていた。夫惣兵衛の死によって余りにも大きな衝撃をうけ、心の中にいやし難い傷をうけ悲嘆の涙にくれていたお松も、四十九日の法要を終るとやっと日常生活の上に落ちつきを取り戻しつつあった。

髪を整え外出着に着代えたお松は夫の霊前に線香を上げ、静かに手を合せて心から夫の冥福を祈っていた。愛猫ミイがお松の側でお松の一挙手一投足を注意ぶかくみつめている。お松は「貴方、今日は野上三左衛門の所へ行って直接談判をして証文を取り返して参ります」と心の中でささやいていた。お松は悲壮な決意をしている。自分達だけの事ではない。最近、人を使って調べたところでは数多くの人々が三左衛門の毒牙にかかり、すべてを失って路頭に迷う者や前途有為な若い夫婦が首吊り自殺を遂げたという事も聞いた。しかもそれは巧言を弄して人を信用させ隙を見せると一挙に行動に移る。そして闇の世界の人間を巧みに操って根こそぎ奪ってしまうという荒技も使う。それは人間としての良心のかけらも無い残酷無情な行為であって、人々は天和の妖怪と言って恐れているらしい、とも聞いた。しかしなぜか取締りの手は緩やかでそうした犯罪が摘発されたということも聞かない。

それには訳があった。取締りの役人に金品を贈り接待をくり返して役人の動きを封じているというのである。これは許すべからざる社会悪である。この様な悪の根を断って置かなければ、どれだけ多くの人々が被害をうけ悲劇をくり返すことであろうか。

お松は今回、我身に降りかかった証文をめぐる事件によって夫の死期を早めたことへの怒りと深い怨みを抱きつづけてきた。しかしそれは私憤であり私怨そのものでしかない。それよりももっともっと根がふかく重大な社会的犯罪が存在する。その社会的犯罪をどの様にして根絶せしめるかという事がより重要な問題ではあるまいか。そうして多くの衆生を犯罪から守り救済する事こそ、御仏のもつふかい慈悲の心に近づく第一歩であろうと考えた。お松はこの証文による事件を契機として暗黒の社会にひそむ重大な犯罪をあぶり出し、表面化させて悪の根を根絶せしめる。それが為に自己の身命を賭けてもいというものでは無いと考え始めていたのである。

お松はミイを抱いて家を出た。加茂村から吉井村へ通ずる険しい山道を通って吉井村へ入り三左衛門の動勢を探った。付近の人の話では、今日は在宅しているとの事であった。しかし三左衛門宅へ到着すると暫くの間、門前の木蔭にひそみ、中の様子を窺っていた。やがて三左衛門が家の中から出て庭内でなにか作業を始めたようである。この時とばかり門の入口に立ち引戸をひくと、ガラガラと音を立てて門の戸が開いた。三左衛門は門の戸が開く音に気づいて振り向いた。「三左衛門さん、お久し振りでございます。その節はいろいろと有難うございました」と言って深々と頭を下げた。三左衛門は驚いた様子であり「アア」と言ったきり絶句している。お松は「本日、御伺い致しましたのは他でもございません。例の証文を頂きに参りました」と言って三左衛門に鋭い視線を投げかけた。三左衛門はあわてた様子でしばらく返事をしぶっていたが、やおら向きを変えると「お松さん、証文を返してくれと言われるが金を持って来たかのー」「アラ、お金とはなんのお金ですか。私が貴方にお払いする金は一文もありませんよ」「それはのー、貴女の御主人に用立てた金のことじゃ」「主人がお借りした金は主人の生前に期日より一ヶ月も早くお返ししたじゃありませんか。貴方はその時に、今証文は持ち合せておらんが金は確かにうけとった。明日にでも証文は必ず御返しに上りますと言われたじゃありませんか」と詰めよった。三左衛門はこのとき悪徳高利貸しの本性をあらわにして鼻先でせせら笑いをすると「お松さん、そんな寝言みたいな事は言わんでおくれ。お金を頂けばその場で引き換えに証文を御渡しするのが我々金貸業を営む者の常道ですよ。金をもらっていないから証文が私の手元にあるんだよ」と平然とうそぶいている。お松はこの醜悪で卑劣な怪物と対峙しながら世の中にはこんな人間も存在するのかという思いを新たにして「三左衛門さん、なる程、貴方の手元に証文がある以上知らない人が聞けば形の上では貴方の論理が通るかも判りません。しかし世の中はそれ程あまくない筈ですよ。天網恢々疎《てんもうかいかいそ》にして洩らさずの譬えの通り、真実は真実として必ず白日の元にさらされる時が参ります。ましてあの金は村の人々の年貢納入に必要とした金であって明らかな公金ですよ。多くの村の人々は借入金の性質から動機また返済に至った詳しい事情は全部知っておりますよ。それでも貴方は自分の主張を通されますか」と迫った。お松の整然たる論理と気迫に一瞬たじろいで黙って考えこんでいた三左衛門は急にほほをゆるめニッコリ笑うと「お松さん、人間には皆魚心あれば水心ありだよ。貴方が私の言うことを聞いてくれるなら証文もお返しするし貴方の面倒は一生見させてもらうよ」と言って近づき、お松の手を握ろうとした。お松は急に嘔吐をもよおす程の嫌悪感に襲われ、その手を振り払い「なにを失礼なことを言われるんですか。私はそんな事位で自分の信念をまげて貴方に屈する様な女じゃありませんよ」と言うと急いで門外へとのがれた。そうして「貴方は重症である私の主人を欺し死に追いやった間接的な殺人行為者であり、この深い怨みは絶対忘れませんよ。また多くの老人や社会的弱者を欺し多額の金品を取り上げ、中には自殺に追いこまれた人もあると聞いております。これは明らかに許し難い重大な社会的犯罪であります。私はかかる行為を漫然と傍観して居る訳には参りません。貴方の為に被害をうけた多くの人々の為に身命を賭けて闘い社会の浄化を図るつもりです。私の真のねらいは私の借用証の問題よりも現代社会にはびこる悪の根を断ち、社会の浄化と健全化を図る事にあります」と門外から宣言して立ち去って行った。

三左衛門はしどろもどろになり家の中へ入ると、借用証を振りかざして「金はもろとらん、もろとらん」と叫んでいた。そうして担保にとっていた五反歩の農地も取り上げてしまったのである。

お松は三左衛門の宅を出ると自宅へは帰らずそのまま実家へ立ち寄った。父の書斎へ入って訴訟に必要な知識を得る為、様々な書物をひっぱり出して読みあさった。元々ふかい学識もあり明晰な頭脳をもつお松は、これによって訴訟をする上で必要な基礎知識を充分身につけ、心の中にそれなりの準備が出来ると奉行所へ出頭して提訴に及んだ。

時の仕置奉行・長谷辺豊前守定基は訴人お松が余りにも美しく品位のある女性である事に驚いた。お松の訴因は手代の書記係によって文書に詳述され、徳島の奉行所に於て第一回目の裁判が行われた。訴人お松が陳述する事件の真相については、段階的に順序正しくその顛末が明確で一分の隙もない整然たる論理によって貫かれており、奉行の感触としては真実に近いものとして受け止められていた。それに反して三左衛門の論述は借用証が存在するとは言え、なにか胡散臭くて信憑性に乏しい。しかし借用証を所持している事は疑いもない事実である。お松の陳述が正しいとしても、そう簡単に結論を出す訳にも行かない。それからある程度の時日をはさんで数度にわたる裁判が行われた。

その内に証人として出頭した村人達の証言はお松の申立てと充分一致する。奉行の心証としては、お松の申立ては正しく、三左衛門の言い分は信用出来ないという考え方に固まりつつあった。状況不利を察知した三左衛門は奸智を働かせて奉行や小役人にまで賄賂を贈り、形勢を逆転させようと画策する。

三左衛門はある夏の午後、奉行の別邸である延生軒を訪ねた。奉行の留守を見計らって菓子折を提げて来たのである。菓子折の下には多額の小判が敷きつめられていた。若い女中が出て来て応待した。「御奉行様は御在宅でしょうか」と訊ねると留守であると言う。「それではまことにつまらぬものですが、どうぞ御召上り下さる様御願い致します」と言って菓子折を差出した。女中はこんな事には慣れているのか「判りました、必ず旦那様に御渡し致します」と言って受け取った。三左衛門は裁判の当事者の一方からでは奉行はうけとるまい、間接的に渡せば受取るであろうという三左衛門の深謀遠慮であった。三左衛門は神妙な態度で邸外へ出ると「うん、これでうまく行く。地獄の沙汰も金次第だ。金こそ力、金こそ正義だ」と呟きながら足早に去って行った。

それから一ヶ月位して第六回目の裁判が開かれた。奉行はおもむろに「この事件について今一度再吟味致す」と宣言した。そうして三左衛門に対して「この借用証書に間違いはないか」と訊ねた。三左衛門は「間違いありません」と答えた。「本当に金を受け取っていないんだな」と聞くと「はい、受け取っていれば証書はその場で御返ししております。天地神明に誓って嘘偽りは申し上げません」三左衛門は腹の中で大分風向きが変わってきたぞ。黄金の威力は凄いなーと思っていた。奉行はお松に向って「本当に三左衛門に金を支払ったのか。支払ったのであればなぜ借用証をその時、引換えにもらわなかったのか。そうしてなにか支払ったという証拠はあるか」と訊ねた。お松は「前々から申し上げて居りますす通り、主人が重い病で伏せっております時、三左衛門様が見えられて期日より一ヶ月位も早く全額完済してございます。その時、三左衛門様は金子はたしかに受け取った。今日は借用証は持ち合わせておらんが明日にでも必ず御届けに上りますと言われました。それがいつまで待っても何の便りもありませんので、私がなん回も三左衛門様の御宅までお伺い致しましたが、その都度居留守を使って逢っては頂けませんでした。やむなく人を介して請求に行って頂きましたところ、今度は貸した金はもろとらん、金をもってくれば証文は返すと言って追い返されてしまいました。夫の死後、私が直接三左衛門様に御逢いして証文を返して頂くよう御願いを致しますと金を返せば証文は返すと言い張り、私が尚もつよく請求致しますと私に対して無礼な行為に出ようと致しますので、強く拒否致しますと証文を返さぬばかりか担保に提供してありました五反歩の農地も取り上げてしまった次第であります。私がつらつら思いまするに人の世は義理人情とか倫理道徳によって成り立って居るものと考えられます。しかるにかかる非道な行為が平然と行われている。しかも私のみならず多くの老人や社会的弱者が三左衛門様の奸計によって多大なる被害を蒙っていると承って居ります。これは絶対に許されるべき事ではありません。私は今回の自分の問題ももちろん大事です。しかしそれよりもこうした非道な悪業が社会に蔓延し、多くの社会的弱者が食物にされて居る事に我慢がなりません。それで社会からこうした悪業を除去し社会浄化の為に自分の身命を賭けて闘うつもりで今回あえて提訴に及んだ次第でありま す。何卒、御慈悲をもちまして格別の御詮議を賜わりたいと存じます」と些かも憶することなく言上した。

（十三）　奉行の誤算

長谷辺豊前守定基はまよいに迷っていた。お松の整然として一分の隙もない論理、礼儀正しく静かなる立ち居振舞い、自然に備わった品位は嘘偽りを申し立てる様な人間でない事は誰の目から見ても明らかである。それにもまして色が白くふくよかな肢体、整った目鼻立ちは余人の追随を許さぬ言い知れぬ色香が漂っている。高座からじっと見ていると走りよって抱きしめてやりたい様な衝動にかられる時がある。そうして最近お松の端麗な容姿をよく夢にみる。それで出来る事ならお松に勝たせてやりたい否それが当然であると思う。しかし三左衛門は度々多額の金をもってくる。はて、どうしたものであろうかと思案にくれていた。そうして色々と考えた末に自分の別邸である延生軒へお松を呼び出すことにした。お松は首をかしげていた。しかし奉行からの出頭命令を断る訳にはいかない。

中秋の節に入ったとは言え、南国阿波の昼間はまだまだ残暑がきびしく、山野は青々として夏の装いを残したままである。それでも時々吹き抜ける風は肌に快く、道端の草むらから聞えてくる虫の音にも秋来りぬの感が一入つよく伝わってくる。お松は髪を整え着衣を正して延生軒へと向った。

長い白壁の塀がめぐらされた豪壮な構えの門をくぐりぬけると青い芝生が敷きつめられた広大な庭園が拡がり、玄関までの距離は五十メートルもあろうかと思われた。静かに歩いて玄関に立ち、声をかけると若い女中が出て来た。加茂村のお松である事を名のり来意を告げると「ああ」と言って笑顔を見せ、「旦那様がお待ちかねになって居られます。どうぞお上り下さいませ」と言って長い廊下を先に立って歩き出した。

建物はすべて総桧造りの豪華な邸宅であり、流石に徳島藩に於て比類なき権勢を誇っている奉行の権威を象徴している様に思われた。廊下伝いに奥まった一室へ案内され、女中が「旦那様、お客様を御案内致して参りました」と声をかけ、静かに障子が開けられた。そこにはいかめしい顔の長谷辺豊前守定基の姿があった。お松は静かに頭を下げて「お奉行様お呼び出しにより、お松ただ今参上致しました」と丁重に挨拶をした。奉行はお松をみると相好を崩してニッコリと笑い、「おお、お松よく参った。遠路大儀であった。近う参れ。遠慮致すな。もっともっと近う参れ」と言い「実はのー今回の事件でそなたの整然として隙のない論理と礼儀正しい立居振舞い、気品に満ちた端麗な容姿にはホトホト感服していた。しかしのー、三左衛門は証文という確証を握っている。そなたには物的証拠がない。仲々やりにくくて困っているところだ。それでも拙者の考え方一つで異なった結論を出せぬ訳でもない。拙者はのー、裁判の過程でそなたをなん回もみている内に、そなたの美しい容姿が心の中に住みついてしもうた。そうして近頃ではそなたを心から愛しゅう思うようになった。お松、許せよ」と言うとお松に近づき力一杯抱きしめた。お松は驚いた。そうして混乱した頭の中で今日、ここに呼び出された理由が朧げながら判ってきた様に思われた。

今までの奉行の言動や態度と過日行われた裁判の状態に微妙な変化があるように思われていた。それは奉行が三左衛門に対してなにか控え目で遠慮がちな態度で臨んでいるのではないかと思われたからであった。このとき咄嗟にお松の脳裏を掠めたものは、あの強欲で醜悪な野上三左衛門の姿であった。そうして奉行に対してなにか裏から工作をしかけたのではないかという疑念であり、その巧妙な工作によって内心の束縛をうけた奉行は正邪の判断に迷ったのではないか。しかしお松に対する愛欲の炎も消しがたい。それで敢えて本日ここへ呼び出し己の猥な欲望を遂げようと考えたのではないかと判断した。その様な結論に達したお松は必死になって抵抗した。しかし戦国時代の気風が残る当時の武士として鍛え上げられた強い男の力には抗する術もなかった。奉行の体の下にくみ敷かれてしまったお松は必死になって抗い足をばたつかせて逃れようともがく。その度にお松の真白い足は空しく宙をけり、真赤な湯巻がめくれて太腿の奥ふかくまで露わになった。奉行はそれをみて自らの地位もプライドも忘れた。そうしてただただ自己の情欲を満たそうとする下卑た一匹の野獣と化した。奉行は脂ぎった赤い顔をお松のほほに押しつけてハアハアと荒い息を吐きながら自分の下帯を外してお松の下半身へ割って入ろうとした。お松はもうこれまでだ、この上は犯される前に舌を噛み切って死のうと覚悟をきめた。

その時、突如として異変が起った。ニャオーという不気味な猫の唸り声が聞えたと思うと奉行が「痛い」と叫んでお松の体からのけぞる様にしてとびのいた。それはいつもお松が吾子の様にして可愛がり連れ歩いていた愛猫のミイが主人の危機を悟り、猛然として襲いかかり奉行の顔に鋭いつめを立てて引っ掻いたのであった。奉行は驚いて刀を取り手にかけようとしたが、ミイは素早く箪笥の上にとび上り第二の攻撃態勢に入っていた。奉行はその時猫の異様な目の光と妖気に怯え、体中の血が凍りついてしまう様な恐怖を覚えた。爛々と輝く目の光と全身の毛を逆立ちさせたミイは大きな犬程にも見え、目の光の前に立つと鋭い熱の照射をうけている様な衝撃をうけ、奉行は刀を抜くのも忘れて室外へとのがれた。

ミイはさっと一転すると黒い物体となって風の如くどこかへ消え去っていた。お松はその隙を見て、転がる様に邸外へとのがれ、一目散に走って川の畔の舟小屋へ入った。小屋の中に入ったお松は着衣をなおし、乱れた髪を整えていた。そのとき川端の草むらがかすかに揺れたと思うとミイが背を丸めて疾風のように走ってお松の後を追ってきた。お松の緊張していたほほがゆるみ「ミイちゃん」と言って走りより、ミイを抱き上げた。ミイは耳をそば立て丸い目を大きく見開いて周囲を警戒している様子であった。それでもお松の安全が確認されて落ちつきを取り戻したのか、いつもの通り目を細めてお松の顔を見上げ可愛い声でニャーンと啼いた。お松はポロポロと大粒の涙を流していた。そうして「ミイちゃん、有難う有難う」と言ってミイの顔にほほずりをしていた。

傷心のお松にとってミイの取った行動と内包された力は大いなる驚きであり、この上もない慰めでもあった。常々賢い猫であるとは思っていたが、これ程までの力とつよい思いが秘められているとは考えもしなかった事である。いつの日か夫と共に語り合ったことであるが、ミイは我家へ神から授けられた守護神ではないかといった事が現実となって表面化して来たように思われた。

夫は常々、万物一体の仁ということを座右の銘としていたが、何事によらず仁の心をもって接すれば心は通じるものである。こんな小さな猫にでも仁の心がよく伝わっていると思い、夫の精神的基盤を再確認させられるのであった。

（十四）お松の決意

お松が天和二年に提訴してから二ヶ年余りの歳月が流れ、徳川綱吉公の治世の時代、貞享二年四月を迎えていた。白い春霞が那賀川の山野をとり巻くようにたなびき、美しい桜の花が爛漫と咲き誇っていた。お松は奉行の別邸であの様な事があってから、敗訴になる事は確実であると思っていた。

昨年の暮れ近くになって判決の申し渡しがあった。長谷辺奉行の感情による裁判で、お松の敗訴の確定である。お松は充分に予期していた事でもあり、心の中に些かの動揺もなかった。奉行と野上三左衛門は勝ち誇ったように冷酷な笑みを湛えてお松を見下していた。お松は秀麗な眉目を上げるると奉行と三左衛門に鋭い視線を浴びせて静かに退場した。その場に居合せた奉行所の手代達は不公平な裁判に眉を曇らせて気の毒そうにお松を見送っていた。奉行は己のあくなき欲念と感情によって正邪善悪の基準を逆転させてしまったのである。これは奉行という重要な官職にある人間のなすべき事ではない。お松は奉行の狭量で庸愚な一面と己の欲望によってどの様にでも動く人間の悲しい性を見せつけられた思いで複雑な心境のまま帰路についた。そうしてこの様な不祥事が日常くり返し行われているとすれば由々しき大問題である。重要な法の執行機関に於て、正邪の基準が逆転したまま動いて行くとすれば罪なき人々が冤罪に泣き、今後の社会にもたらす被害は測り知れないものがあろう。そんな非道は断じて許してはならない。

お松は時間の経過と共に激しい怒りと、もち前の正義感が腹の底から沸々と湧き上ってくるのを覚えた。しかし強権圧政の時代に於ては、その真実を知り得ても社会全体に周知せしめ改善を図る事は仲々容易な事ではない。お上の批判をするだけで首がとぶ時代である。

夫物兵衛は常々人間の命はなんにもまして重くて尊いものだ。人間は等しく平等でなければならない。そうして武士や町人も百姓もなく健やかに幸せに生きて行く権利を与えられている。士農工商等という階級制度は神の意志に対する反逆であるとさえ言い切っていた。しかるに現行の社会や制度の中では人間のもつ当然の権利が、また重くて尊いはずの人の命が余りにも軽く扱われている。行政の最も重要な機関の中に狡智にたけた人間の邪心と金力がはいり込み、庸愚な役人の欲念をそそって支配している。そこには倫理や道徳もなければ社会正義も存在しない。行政官としての誇りもなければ、その使命や責任感という自覚さえもが雲散霧消してしまっているように思われる。このような状態を放置する事は、その時代に生きた人間の責任放棄であり、また自己の生存権の放棄にも繋がるのではあるまいか。今こそ後世の人々の為に万難を排して戦わなければならない。そうして世の中の正邪理非曲直を明らかにして置く必要がある。それは即ち慈悲深い御仏の御意志に添うことでもあろう。泉下に眠る夫惣兵衛は若い頃から加茂村の庄屋として仁と愛をベースに生涯を貫き通した。四十六才の若さで現世を去ったが夫の掲げた高邁な理想は今も脈々としてお松の体内に生きつづけている。この様な腐敗と堕落、非行と非情の蔓延する現代社会の実態を知りながら、自らが躊躇して機会を失する様な事があれば泉下の夫に合す顔がない。

しかし真実を追求しようとすれば当然お上の批判にもつながる。自分の身に危険が及んでくる事も覚悟しなければならない。生半可なやり方では途中で妨害が入り計画が頓挫する。最も効果的でインパクトの強い手法はあるまいかと考えつづけた。そうして漸く導き出した結論は藩主蜂須賀公へ直訴する事であった。もちろん藩主への直訴は死罪であり自分の命はない。それでも後々の人の為に、また社会正義を貫く為にどうしてもやらなければならない。

ことわざに「身を捨ててこそ浮ぶ瀬もあれ」という言葉がある。直訴によって己の身は滅んでも逆転した正邪の基準を正常な形に戻し、衆生の救済に繋がればそれでよい。お松は命を賭けて社会正義を貫く為に強大な権力に敢然と挑戦する事を決意したのであった。

（十五）　父母との別れ

今朝は久し振りにゆっくりと寝た。愛猫のミイが枕元でスヤスヤとねむっている。お松はミイの可愛い寝顔を見てほほえみながら静かに起き上った。晩秋の朝の光が東側の小窓を通してお松の寝室にまで差しこんでいる。室内の模様はお松が嫁ぐ前と殆ど変わっていない。十四、五才になった時、身長を計ろうとして柱につけた傷跡が鮮明に残っており、ありし日の思い出が次から次へと走馬燈の様に懐しく思い出されてくる。娘時代に使っていた机や文箱鏡等も綺麗に手入れされて残されている。いつまで経っても変わる事のない父や母の深い愛情がひしひしと伝わってくる様で思わず目頭が熱くなってくる。「お父様、御母様有難うございました。現世で返せなかった御恩は来世に於て必ず返させて頂きます。社会正義を貫く為とは言いながら先立つ不孝を御許し下さいませ」お松は隣室に居る両親に対して手を合せふかく頭を下げていた。

そう言えば昨夜お松の心にひっかかる事があった。暫く見ぬ間に父も母も白髪が増えてずい分ふけこんだ様に思われた。夫惣兵衛の死から野上三左衛門との訴訟事件等によって随分心配をかけたからではあるまいかと心配になっていたのだ。今回また自分の心に秘めた計画を実行すれば死罪は確実であり、どれだけ年老いた両親を悲しませる事であろうか。あれやこれやと考えているると顔が火照り脂汗がにじみ出てくる様な苦しさを覚える。お松は歯を食いしばって耐えていたが、こらえ切れずに嗚咽に変わった。その泣き声を隠そうとして枕に口を押し当てて泣きつづけた。その時隣室から「お松、御飯の用意が出来ましたよ」と母の声が聞えた。「はい」と言って涙を拭いて立ち上った。

洗面所へ入って口をすすぎ顔を洗って髪を整え隣室の襖を開けて入り「御早うございます。御飯の御支度までして頂いて本当に済みません」と言うと、父と母が笑いながら「今朝はよくねていたね」と母が言う。「うん、昨夜は久し振りのことでずい分遅くまで起きていたものなー」と父が相槌を打った。母の自慢の温かい味噌汁を口にすると、成長する過程の様々な事柄が思い出されて思わず涙ぐんだ。そうしてこれが両親との今世の別れかと思うとまた々辛さが込み上げてきて大粒の涙がこぼれ落ちた。「あら、どうしたの涙なんか流して」と母が心配そうに訊ねた。「うん、久し振りにお父様やお母様と一緒に朝の御飯が食べられると思うと急に昔がなつかしくなったの」と言って静かに笑った。「変な子ね、でもずい分久し振りだもんね。仕方ないわ。お松は小さい頃はずい分泣き虫だったからなー」と父が言い「そうね、でも四、五才頃になると並外れて賢かったわよ」と母がかばうように言った。「お父様やお母様には今までずい分御心配をおかけしたわ。それでも夫が亡くなってからはずい分強くなったと思っているの。これからは完全に自立して益々力強く生きて行くつもりよ。しかし人の世は無常よ。だから人間の生死等全く判らんものよ。普通の常識から言えば年のいった人が先に死んで若い者が後から死ぬものね。だけどその順序がはっきり規定されて居るものではなく若い者が先に死ぬ場合もままあるものよ。夫惣兵衛なんかもあんなに若いのにとっくに死んでしまってもう四年にもなるわ。それは至極悲しいけれど、それが現世の現実よ。万一私の身になにかあっても悲しまないでね」と言った。「なに言ってるの。縁起でもない、朝っぱらから」と母が顔をしかめた。お松は「いやいやお母様、私はねただ、一般論を述べているだけで必ずそうなると言っているんじゃないのよ。御心配なさらないでね」と言って明るく笑った。

お松は昼食まで実家で過ごした。そうして「お母様、御昼の用意は私がするわ。お母様は休んでいて頂戴」と言って前かけをして台所に立った。台所に入ってみるとお鍋も茶瓶も前のままで変わっていない事がただただ懐しかった。腕によりをかけて料理を作って父や母と食事を共にした。父が「お松ずい分腕を上げたのー」と言って喜んでくれた。お松はこれがせめてもの親孝行だと思い、ゆっくりと食事をして帰り支度をした。

父や母の顔を、また実家のすみずみまで脳裏にきざみ、仏間へ入って先祖の霊に手を合し父や母の健康と幸を祈願して、もうこれで思い残す事はないと考え帰路についた。帰り際に母が門口まで送ってきた。なにを思ったのか顔をくしゃくしゃにして涙を流し「お松、くれぐれも体を大事にしてね。これから寒くなって気候がわるくなるから風邪等ひかぬようにね」と言った。お松は「お母様、私は若いから大丈夫よ。それよりかお父様もお母様もお体に充分気をつけてね」明るい笑顔を見せていたが、これが最後の別れかと思うと感慨無量で熱い涙の溢れ出てくるのを禁ずる事が出来なかった。お松が「それではこれで」と言って母に背を向けしばらく歩いて振り返ると母はまだ立ちつくして手を振っている。お松も大きく手を振って滴り落る涙を拭いながら家路へと急いだ。

（十六）悲惨お松の死

（十六）悲惨お松の死

晩秋の空は高く晴れ上って白雲が悠々と流れて行く。遠くに見える那賀川上流の山々は美しい紅葉に掩われ、無数の渡り鳥の群れが秋の西日をうけて果てしなく遠い彼方の空へと飛び去って行き、頭上を吹き抜けて通る松風の音はヒラヒラと舞い落ちる木の葉と共に凋落の秋のふかまりを実感させる。お松は残照に煌めく那賀川畔の道を歩いて我家へと帰りついた。門の戸を開けるとミイが降りようとしてもがく。「どうしたのミイちゃん」と言いながら降してやると家の玄関口までまっしぐらに走って行き後を振り返って早く早くとせかす様にニャーンニャーンと二声ばかりつづけて啼いた。お松が玄関の戸をあけると勢いよく家の中にとびこんで行った。そうしてさも嬉しそうにあちらこちらと走りまわっている。お松は昨夜は実家でミイと共に泊った。だが、私のついの棲家はここでしかない。ミイもその様に思って喜んでいるのであろうかと思うと、思わず微笑みがこぼれた。お松は締め切ってあった雨戸を開け放って風を入れると、夫惣兵衛の位牌が祀られている仏間へと入った。

線香に火をつけ合掌礼拝しているとあの元気溌剌としたありし日の夫の面影が鮮明に脳裏によみがえってくる。「貴方、ただ今帰りました。さぞや淋しかった事でしょうね」と生ける人に言う如く静かに語りかけていると万感胸に迫るものがあり、溢れくる大粒の涙が止めどもなくほほを伝って流れ落ちた。お松は「昨夜は実家で泊ったの、そうして両親ともそれとなく長のおいとま乞いをしてきたのよ。村の皆さんともこの間から一軒一軒丹念にまわって貴方の供養の為、四国霊場めぐりをするから暫く留守にします、と言って御別れの御挨拶をしてきたのよ。だからもう何も思い残す事はないわ。いよいよ年末か年明け早々に決行するつもりよ。そうして貴方が居る天国へ参りますから待っていてね」と言うとまたまた熱い涙が溢れ出てくるのを禁じ得なかった。お松は十二月に入ると直訴に必要な事項を詳細に調べ上げて準備を整えた。蜂須賀公へ差し出す直訴状には事の顛末を遂条的に詳しく明記した。更に長谷辺奉行や野上三左衛門の不正と悪業によって善良な多くの人々が甚大な被害を蒙っていること、自分はその直接の被害者であるが、それよりももっともっと根がふかく重大な社会悪と犯罪が存在する。これをそのまま放置すれば社会悪は益々蔓延跋扈《ばっこ》して後世に重大なる禍根を残す事になる。よって社会の浄化と正義を貫く為、自らの命を賭けて直訴に及ぶものである。

那賀郡加茂村

庄屋　故　西惣兵衛

妻　お松

と明記した。そうして純白の着物、脚絆、足袋、数珠も揃えた。万が一、目的が達成せられず、その場で命を落すような事があってもそのまま夫のいる天国へ直行出来る様にとの配慮であった。

そうして徳島の城下町へ出て藩主の外出の時期通行する道すじ、宿泊する場所等も予め確認しておく必要があった。それで夫の死後、家に帰してあった女中のタミを訪ね、暫く留守にするから六ヶ月程家の守りをして欲しいと依頼した。タミは喜んで引きうけてくれた。六ヶ月分の生活費と給金を渡し、朝夕の惣兵衛への供養も頼んだ。それで師走も押し迫った十二月二十日に家を出た。

那賀川の南岸の道を下って実家の近くの畦道へ出る。そうして近くにある蒿ぐろの影にかくれてそっと実家の様子を見た。格別に変わった事もないようで安堵の胸をなでおろし、蒿ぐろの影から手を合せていた。「お父様、お母様、さようなら。生れてこの方変わらぬふかい愛情を注いで頂きまことにありがとうございました。なんの御恩返しも出来ないままに先立つ不孝を御許し下さいませ」お松のほほを熱い涙がとめどもなく滴り落ちた。お松は幼い頃、よく遊んだ小川の畔の小道へ出た。あたりの草も木も葉が落ちて荒涼たる原野がどこまでもつづいていた。お松はなん度もなん度も実家の方角へ振り向き、溢れ出る涙を拭い、両親の健康と幸せを心から祈りつつ静かに立ち去って行った。

徳島の城下町へ着いた時には、とっぷりと日が暮れて淡い夕月が中天にうかび、寒い北風がすさぶ午後七時近くになっていた。お松は徳島の中心街に近い知人の家に身をよせた。そこで藩主の外出に関する情報を収集することにした。年末も押し迫った頃、藩主綱矩公が正月早々忌部神社へ参詣するとの情報が入った。お松は「よし、その時だ。その時が千載一遇の好機である。その時に決行しよう」と決意する。それで知人に迷惑をかけてはならぬと思い、近くの旅籠へと移った。

明けて貞享三年正月五日、藩主綱矩公が多くの護衛の侍達に前後を守られて粛々と進んできた。その行列の前を一つの白い影がよぎった。行列は大きく乱れて駕籠を取り巻き、藩主護衛の態勢に入った。「無礼者」と叫ぶ声がとび交い刀を抜き払って構える者もいた。

その時「まて」というこれを制する声が聞えた。この騒ぎで僅かに駕籠を開けた藩主の声であった。駕籠の前には書状を捧げて大地にひれ伏す白衣の若い女性の姿があった。差し出された書状には真実を詳細に認められた悲痛な正義と命の叫びがあった。決死の思いがにじむ若い女の顔容は常人を超越した気品と妖しいまでの美しさがある。藩主綱矩公も思わず息をのみ「余程の事であろう。吟味しておこう」との声がかけられた。お松の目に感激の涙が光っていた。行列は元の隊形に戻り何事もなかったかの様に通り過ぎて行った。当時の制度の中では、藩主への直訴は理由の如何にかかわらず死罪であった。その場で無礼打ちに逢い目的を遂げられない事もあった。お松はその場で捕らえられ徳島城下塀裏の獄舎に繋がれた。しかし特別の計らいにより保釈という形で行人監視のもと加茂村の自宅へ帰ることを許されている。

村人達はこれを知り、郡役所へお松の助命嘆願運動を起した。しかし当時の制度の壁は厚く、空しい結果を迎える事になる。こうした中でも時間は刻々と過ぎて行く。処刑までの時間は残り少なくあっという間にその日を迎えた。貞享三年三月十五日のことである。

お松はいつもより早く起きた。心を鎮静させる為に仏壇の前に静かに正座した。そうして線香を上げお茶を供えて、先祖の霊に対し嫁として至らなかった事を心から詫び永遠の冥福を祈った。夫の霊に対しては静かに笑みをたたえて「貴方の元へもう直ぐ参りますよ。途中まで迎えに来てね」と言って位牌にきざまれた戒名を脳裏につよくやきつけた。そうして懐紙を取り出し辞世の一句をさらさらと認めた。

花なればあらまほしきや山桜
名残惜むな望月の颪

刑の執行場所は現在のお松権現社から四百メートル位離れた那賀川本流と加茂川が合流する地点、春の若草が萌え立つ加茂の河原であった。春の長い一日が終り、赤い夕陽が西山の彼方に沈んで行こうとしていた。数名の役人達が来てお松を伴って門を出た。愛猫ミイが何かを察してニャーニャーと啼きながら周囲を走りまわっていた。お松は純白の着衣に身を包み数珠を片手にゆっくりと歩き出していた。髪の元結を解かれて長い黒髪が背にかかり、吹き抜ける颪に悲しげに揺れていた。村人達は物影から死出の別れを悲しみながら見送っていた。堪え切れずに啜り泣く声と念仏を唱える声が韻々と夕映の空にひびく。余りにも空しく悲惨なうら若き女性の最後の姿であった。

お松には子供がなく愛猫ミイを吾子の様に寵愛していた。いつもお松の側をはなれず、この事件の真相を見つめていた唯一の生き証人でもあった。お松はこの猫に事の因果を詳しく話し、私の死後に於てこの悪人達を許さず仇を討つ様にと言い聞かせたと言われている。

黒いまん幕がめぐらされた刑場の中にお松の席が設けられていた。お松は心の中に些かの動揺もなく従容としてその席につく。淡い月光の中で仕置役人の刀が抜き放たれ冷たく光っていた。そのときヒューッという不気味な川風の音がしてお松の黒髪が逆立ち、月光の中に余りにも美しいお松の姿が浮び上り逆立った黒髪が光背をもった尊い菩薩像の様に映った。一瞬、役人達の中に迷いとためらいが生じていた。その間隙を待っていたかの如く突如としてウワーと言う子供達の叫び声が上った。そうして「おばちゃんを殺すな、おばちゃんを殺すな」と口々に泣き叫びながら石塊が雨霰の様に投げつけられた。張りめぐらされたまん幕の外で泣き声を殺して必死に堪えていた村人達も大声を上げて号泣した。その悲痛な叫びと泣き声は月光に輝く夜の静寂の空間を引き裂き、遠く唐天竺迄も届けとばかりの凄絶な情景が譲し出されていた。この異様な光景をみて役人達も刑の執行を暫く控え、石塊をさけて共々に涙を流しながら事態の鎮静化をまった。しかし役職上中止する訳にはいかない。役人達は口々に念仏を唱えていた。そうして月光を浴びて青く光る刀は一閃してお松の首へ振り降された。お松の首から真赤な鮮血が一メートル近くも噴き上り、辺り一面にとび散った。いつの間に来ていたのかお松の膝に抱かれていたミイにも容赦のない一刀が加えられた。ミイは真二つになったと思った瞬間、手傷を負いながらもヒラリと飛びのき爛々たる目を輝かせて不気味な唸り声を上げ、役人達をにらみつけてお松の遺骸に走りより、ペロペロとその血をなめるとあっという間に風の如くいずこかへ消え去っていた。役人達もミイの異様な目の輝きと言い知れぬ妖気に怯え、第二の刀を下す事が出来なかった。

この時、この凄惨な情景をまん幕の陰から見ていた一人の男がいた。それはこの事件の張本人、野上三左衛門その人であった。三左衛門は処刑が終わると「やれやれこれで一段落」と呟きながら帰路についた。その夜も更けて家に帰りつくと「今帰ったよ」と門口に立った。女房のオセキが「あら、貴方お帰りなさい」と言って出てきた。ところが不思議な事に夜だというのにオセキの顔が余りにも鮮明に見える。どうしたんだろうと思ってよく見ていると、オセキの目が猫の目のようにギラリと光った。三左衛門は驚いて「オセキ」と言って二、三歩後へよろめいた。そうして今度三左衛門の目に映ったのは髪の元結が切れてパラリと長い黒髪が肩にかかり、怨めしそうににらみつけている女の顔であった。それは正しく先程加茂の河原で首を切られた筈のお松そのものではないか。三左衛門は全身の血が凍りつく様な恐怖に襲われ、逃げようとしたが全く足が動かない。その時、生温かい春の夜風にのって地の底へ引きずりこまれる様な不気味な猫の唸り声がした。三左衛門は目の前に稲妻のような閃光が走ったと思うとその場に倒れて失神してしまった。

物音に気付いた家族の者が駆けつけ室内へと運び入れ、手当を加えてどうにか正気に返った。しかし三左衛門の顔にはつめで引っ掻いたような三本の傷があって赤黒い血がドクドクと溢れ出ていた。三左衛門はその傷が化膿して仲々治らず、顔ははち切れんばかりに腫れ上って、そこには三毛猫の紋様がはっきりと浮び上っていた。三左衛門はこれが為、外へ出る事もままならず財力にあかして各地から名医を招き治療に当っていたが、とうとう回復しないまま長い間苦しみつづけてこの世を去った。

また女房のオセキは異様な夫の形相になやみつづけて神経衰弱症に陥り、夫の死後間もなく首を縊《くく》って死んでしまった。その他残された家族も難病奇病に罹って一人死に二人死にして完全に死にたえてしまったのである。

春徳院離楓妙散大姉（お松の法名である）

（十七）奉行悲惨な死を迎える

暖かい春のそよ風が吹いている。桜の蕾もふくらみ芝生の濃度が一層増してきた様に思われた。澄み切った大きな池の中を錦鯉の群れが円を描く様に一定方向へ勢いよく泳いでいる。長い春の日が静かに落ちて淡い夕靄が辺り一帯を包み始めた。

長谷辺豊前守定基は一昨日の夕刻にお松が加茂の河原に於て処刑されたとの報告をうけていた。正義面をして愚かな奴だと思う反面なぜか心の底にひっかかる釈然としないものがあった。特にあの時猛然と襲いかかってきたあの三毛猫とは一体なんだったのであろうか。あの凄ましい目の光と妖気はただごとではないように思われた。若い頃から鍛え上げ武芸には充分自信をもっている自分が刀も抜けずに室外へのがれた事が不思議でもあり、今に至るも理解が出来ないままでいる。お松の直訴によって蜂須賀の殿や重役達からなん回も問い糺された事も不愉快千万である。なんとか白を切り通してきたが、今後どの様な事に展開して行くか全くわからない。

近頃、役所へ出仕しても周囲の雰囲気が今までと全く違うように思われる。それで気分が優れず病気だと偽って二、三日休んでいる。様々に思いなやみながら薄暮の庭に立っていた奉行は体につよいつかれを覚えて室内へ入り、横になって休んでいた。もう室内も薄暗くなり灯りがいるなと思っていると静かな足音がして「旦那様、お灯《ひ》をもって参りました」と言う下女の声がした。「おお、入れ」と言うと、静かに障子が開けられて灯りのついた行灯《あんどん》をもって下女が入ってきた。奉行はそれを見ると「ああ」と頓狂な声を上げて後ずさりをした。行灯の影に映し出されたのは、大きな口をあけ牙をむいて今にもとびかかって来そうな大きな三毛猫の姿であった。奉行は驚いて立ち上る事も出来ず「誰かある、曲者だ。出合え、出合え」と叫んだ。家臣達がおっとり刀で駆けつけると奉行は怯え切った表情で「あれ、あれ」と言って指をさす。家臣達が刀を抜いて近づいてみたがそこには何もなく、ジリジリと油のもえている行灯だけがあった。家臣達は「殿、近頃大分おつかれの御様子。なにか錯覚されたんじゃないんですか」と訝《いぶかし》げに言う。しかし奉行は「いや、違う。今たしかに大きな三毛猫が入って来たんだ。真紅な口をあけて凄ましい形相でな」と言った。それで暫く皆で奉行の護衛に当る事にした。しかしその後、何事もなく過ぎたのでそれぞれの自室へひきあげて行った。

大分夜も更けてから雨が降り出して風も出てきた。奉行はやっと安心して深い眠りに入っていた。その夜も更けて真夜中、俗に言う草木も眠る丑三つ時を迎えた。外はかなり強い風が吹いていているようで、ヒューヒューと無気味な音がして縁側の板戸がガタガタと揺れている。そのときニャオーという異様な猫の唸り声が聞えてきた。その声に眼をさました奉行は怯え切って声も出ず、ふとんをかぶって朝までガタガタと震えていた。夜が明けてから起き上ってみると奉行の枕元に血の滴っている首のないねずみの死体が転っているではないか。奉行は慄然として顔面蒼白となり、その場に倒れた。しかもそれが毎夜の様に繰り返される。翌日も翌々日も首のないねずみの死体が限られた様に一定の場所に置かれている。これには悪性で豪気な奉行も意気消沈し、苦悶と憂愁の日々がつづいて行く。しかしいつまでも役所を休んでいる訳にもいかない。致し方なく家臣達に支えられて出仕したが、奉行のした事はすべて失政に繋がり、やがて謹慎蟄居を命じられた。奉行はみるみる内にほほの肉はそげ落ち眼窩は大きくへこんで、別人の様な形相に変わって行った。

ある晩の事である。なにか物音がしたと思うと障子に大きな猫の影が映った。奉行は恐れおののき刀を抜いて「この妖怪、思い知れ」と言ってその影を突き差した。ギャアと叫ぶとその影は崩れる様にその場に倒れた。やったと思って障子を開けてみると驚くなかれ奉行の奥方オセイの方が朱に染まって倒れているではないか。あわてて抱き起したがもうすでに息が切れている。これによって錯乱した奉行は血刀を携げたまま呆然と立ちすくんでいた。駆けつけた家臣達は急いでその場から奉行を連れ出した。

大きな悲しみの中で子息の貞一郎が喪主となり、しめやかに葬儀が取り行われた。しかしその初七日の法要が終らぬ内に貞一郎が原因不明の高熱を発してあっという間に他界してしまった。奉行はこれによって思考能力を完全に失い歩行もままならぬ廃人と化し、お役御免の上、家禄は没収されてしまった。するとある時突然奉行の姿が消えて見えなくなった。周囲の者が手分けしてずい分探したがとうとうみつからなかった。ところがそれから一ヶ月位経ってから近くの古井戸の中から腐乱死体となって発見された。しかしそれがどうしてそんな事になったのか、不可解な謎として暗闇の中に消え去り、残された家族も次々と難病奇病に侵され一人残らず死に絶えてしまった。こうした長谷辺家に於ける怪奇な事件の頻発と悲惨な状況を知った親族の者達は鳩首《きゅうしゅ》協議を重ね、長谷辺一族に対して更なる被害の及ぶ事を恐れて徳島市八万町を流れる園瀬川の畔、王子神社の境内へ鎮魂の為の祠を建立し、お松大明神として祭祀される事になったと言われている。

この様に天に向って唾すれば必ず自分の顔にかかる。善因善果悪因悪果が不変の真理なら、天網恢々疎にして洩らさずもまた不滅の真理である。良い種を蒔けばよい芽が出て良い実がなる。悪い種を蒔けば悪い芽が出て悪い実がなる。また、それは大自然界に於ける侵し難い法則であり、現代科学の最先端分野である遺伝子学に於ても明らかに立証されている通りである。天網恢々疎にして洩らさずという譬えの通り巧みに法網をくぐり抜けたとしても、宏大無辺に張りめぐらされた天網をくぐり抜けることは不可能である。悪事を行えば必ずそれを知っている一人の生き証人がいる。それは即ち自分自身であり自分の内面にひそむ良心である。

奸智を働せて悪業を重ね一時的に成功したかに見えた悪徳高利貸し野上三左衛門は、人為的な法網はくぐり抜け得ても疎いと思われた天網にかかり、人生最大の苦痛を味わいながら悲惨な最期を遂げて行く。そうしてその悪事に加担した阿波の名門長谷辺豊前守定基も閉門蟄居の上家禄を没収され、悲惨な最期を遂げて両家共揃って滅亡する。その反面、仁と愛に生き社会正義を貫き通した庄屋西惣兵衛の家はお松亡きあと縁家である西嶋右衛門兼冬の長子家重が跡を継ぎ、その子孫は今日に至るも隆々と繁昌している。これは因果応報の原理によって、はっきりと善悪の基準を明示した神の意志に基づくものという外はない。

そうしてまた、真理は敵味方を超越するという諺があるが、真理を探究し真理に従って生き、命をかけて戦い壮烈な死をとげたお松の真情は藩主の心に大いなる衝撃と感動を与え、お松亡きあと庄屋職を継いだ家重の代元禄十年には藩主綱矩公がわざわざ加茂村を訪れ、本陣御宿として指定しねんごろにお松の慰霊を行っている。また享保三年には修理大夫が、享保十三年には薬草奉行が、藩主の名代として派遣され、お松の供養を行ったと言われている。このようなことは、当時としては異例中の異例であり、如何にお松の志や言動が社会全体に支持され、そのインパクトが大きかったかということを如実に物語っていると言えよう。

徳島藩に於いては、その後藩政の改革にとりくみ賄賂の禁止と官界に於ける綱紀粛正を行い、その厳しい慣行は長くつづいたと言われている。

現在お松権現社では、第十一代当主阿瀬川寛司氏が社主としてその祭司に当たって居られる。

ネコの神さま
お松権現

語り継がれて三百余年。

阿波の国は那賀郡加茂村の庄屋惣兵衛が妻「お松」の悲しい伝説。

彼女が寵愛した猫と共に祭祀された小さなお社には信者の奉納した大小様々な招き猫、ネコ、ねこ。その数約壱万体。

境内には狛犬ならぬ（狛猫）、地蔵猫、さすり猫、ジャンボ猫、などユニークな猫たち。

まさに全国的にも珍しい「猫の神さま」です。

御霊験は受験合格、訴訟必勝、商売繁盛、厄除開運、当選必勝など、勝利、幸運を願う人々で絶えない。

♥問い合わせ先　阿南市加茂町ふけ63

㊪お松権現社　☎0884（25）0556

上の２点とも城山徳島城跡鷲《わし》の門

那賀川哀歌

一、君去りて
四とせ淋しいおぼろ月
加茂の川辺の山桜
今宵散り行く花なれど
永久に届けよ仁々仁と愛

一、花に風
月に群雲ああ無常
運命悲しい花なれど
思い残して来る春に
亦咲き誇れ仁々仁と愛

一、我がいのち
捧げてやまぬ加茂の里
つきる事なき那賀川の
清き流れに千代八千代
映えて輝け仁々仁と愛

【著者略歴】

中山雄太郎（なかやま　ゆうたろう）

1927年徳島県生れ。川上青年学校を経て海軍航空隊入隊。

1946年（昭和21）より木材生産販売及び林業経営に従事。

現在会社役員。著書に『那佐港の秘宝』（自費出版）、『凄まじき女の怨念』（文芸社）。

烈女お松の生涯

初版第1刷発行　2001年11月15日

著　者　中山雄太郎
発行者　瓜谷綱延
発行所　株式会社 文芸社
〒112-0004　東京都文京区後楽2－23－12
電話　03-3814-1177（代表）
03-3814-2455（営業）
振　替　00190-8-728265

印刷所　東洋経済印刷株式会社

ISBN4-8355-2435-7 C0093